고양이 대왕

고양이 대왕

김설아 소설집

작가
정신

차례

외계에서 온 병아리

한 노인이 파고다공원의 문 앞에 앉아 일몰을 바라보고 있었다. 가물가물한 눈에 빛의 바다가 금색으로 일렁이며 눈물이 고였다. 같은 해인데 왜 일몰이 일출보다 더 진한 것일까. 그때 누군가의 목소리가 들렸다.

"불쌍한 할아버지."

깜짝 놀란 노인은 주변을 둘러봤지만, 노안으로 흐릿한 시야에 보이는 것이라고는 평소와 다름없이 군것질거리를 파는 노점상들, 리어카 구제 옷 가게, 공원 문이 닫힌 다음에도 자신처럼 돌아갈 곳이 없어 입구 앞에 군데군데 앉아 있는 노인들, 그런 그들과

는 아무런 상관도 없다는 듯 중심가로 바쁜 걸음을 옮기는 행인들
뿐이었다. 대체 누가 자신을 부른 것인지, 환청이라도 들은 것인
지 고개를 갸웃거리던 노인은 저 멀리서 역광을 받아 까맣게 보이
는 조그만 물체 하나가 자신을 향해 다가오는 것을 보았다. 그것
은 보도를 타닥타닥 밟으며 이쪽을 향해 걸어오고 있었다. 마침내
노인의 시야에 드러난 것은 병아리였다. 노인은 놀랐지만 귀엽기
도 해서 저도 모르게 다가가 두 손을 뻗었다.

"이리 오렴."

병아리는 기쁘다는 듯 삐악, 울며 노인의 손에 폴짝 앉았다. 손
바닥 가득 느껴지는 온기와 포근함, 보송보송하고 샛노란 병아리
를 바라보던 노인의 눈에 어느새 눈물이 고였다. 부드러운 것, 따
뜻한 것, 사랑스러운 것. 정말이지 오랜만에 느껴보는 기분이었던
것이다. 노인을 향해 병아리가 말했다.

"난 병아리예요. 우리 친구해요."

노인은 고개를 끄덕이며 웃었다.

"요즘은 말하는 장난감이 다 나오네. 좋은 세상이야."

"난 위로해주려고 온 거라고요. 할아버지, 오늘 한 끼도 못 먹었
죠? 이 추운 곳에서 얼마나 외로우세요."

노인은 고개를 끄덕이며 눈물을 흘렸다. 노인은 병아리가 말을
한다는 것이 조금도 이상하게 느껴지지 않을 정도로 병아리의 말

에 심취하여 아예 길바닥에 모로 누워버렸다. 그러면서도 연신 고개를 끄덕이며 그래, 내 마음을 알아주는 것은 너밖에 없구나, 하고 말했다.

한 청년이 낙원상가로 가기 위해 1호선 전철역에서 나와 허리우드 극장 쪽으로 걸음을 옮기고 있었다. 자신만의 생각에 빠져 지나가는 사람들에게 부딪히기도 하고 그들이 화내는 소리를 들으면서도 아무런 대꾸도 하지 않았다. 청년의 얼굴은 괴로움으로 가득 차 있었다. 앞도 제대로 보지 않고 걸어가던 청년은 마침내 길바닥 한가운데 누워 있던 노인에게 걸려 넘어졌다. 등 뒤에 메고 있던 기타가 쿵 하는 소리를 내며 바닥에 떨어졌다. 그제야 정신이 든 청년은 길바닥에 누워 있는 노인을 발견하고 큰 소리로 화를 내었다.

"아니, 할아버지! 이런 데서 누워 계시면 어떡합니까!"

노인은 아랑곳도 하지 않고 모로 누워 눈앞에 놓인 병아리만 보고 있었다. 화가 가라앉자 자못 기묘한 광경이라고 생각한 그는 난데없는 병아리와 그것이 삐악거리는 소리를 울고 웃으며 듣고 있는 노인을 보며 혹시 정신이 이상해진 것이 아닌가 싶어 누워 있는 노인을 흔들어보았다. 하지만 노인은 성가시다는 듯 청년을 노려보며 이렇게 말하는 것이었다.

"방해하지 마."

병아리도 그에게 말했다.

"우리 사이를 방해하지 마."

깜짝 놀란 그는 또다시 바닥에 엉덩방아를 찧었다. 그때 어디에
선가 목소리가 들려왔다.

"불쌍한 오빠."

청년은 주변을 둘러보았지만 보이는 것이라고는 거리를 스쳐
지나는 사람들과 노점상뿐이었다. 환청을 들었나 싶어 그만 일어
서려던 그는 힉 하는 소리를 냈다. 눈앞에 노인의 것과 똑같은 병
아리가 나타난 것이었다.

"난 병아리야. 나랑 친구해."

청년은 피곤한 미소를 지었다.

"내가 헛것을 보나?"

"난 위로해주려고 온 거라고. 오빠, 너무 힘들지? 그렇게 매일
손끝에 피가 나도록 노래 연습을 하는데 아무도 알아주지 않잖아.
부모님마저도 시끄러운 기타 따위는 팔아버리라고, 아무나 다 다
닐 수 있는 직장이나 다니라고 하고 말이야."

청년은 어느새 손을 뻗어 병아리를 품에 안았다. 조그만 심장이
두근두근 뛰는 것이 차갑던 마음이 따뜻해지는 것 같았다. 병아리
는 더 이상 노인과 같은 것이 아니었다. 그만의 병아리가 되었다.

청년은 노인 근처에 누워 병아리가 하는 말을 들으며 고개를 끄덕이기도 하고 웃기도 했다.

한 처녀가 파고다공원과 종로 사이의 횡단보도에 켜진 파란불이 깜빡이는 것을 주시하며 맹렬한 속도로 달려가고 있었다. 초록색 화살표가 하나둘 내려가는 것이 보였다. 한 칸, 두 칸, 세 칸. 전력 질주를 다해 달리던 처녀는 뭔가에 부딪혀 바닥에 구르듯 넘어지고 말았다. 손에 들고 있던 영어 교재와 끼고 있던 MP3 플레이어가 허공에 흩어져 바닥에 떨어졌다. 정신이 들어 횡단보도를 보자 막 빨간불로 바뀌었다. 화가 잔뜩 난 처녀는 무엇 때문에 넘어진 것인지 살펴보았다. 그러자 길바닥에 드러누운 한 청년과 노인이 보였다. 그들 앞에는 각각 노란 병아리 한 마리가 삐악거리고 있었다. 자못 신기한 광경이었지만 시계를 본 그녀는 노닥거릴 때가 아니라고 판단하고 얼른 횡단보도로 달려갔다. 연신 신호등을 바라보는데 아래에서 목소리가 들려왔다.

"불쌍한 언니."

놀란 그녀는 아래를 내려다보았다. 노란 병아리 한 마리가 그녀의 발치에 서 있는 것이 보였다. 초등학교 시절 학교 앞에 쭈그리고 앉아 병아리 장수의 박스 안에 가득 든 병아리를 보던 것 이후로 정말이지 오랜만이었다. 어릴 때는 왠지 징그러워서 별로 좋아하지 않았지만 뜻밖의 장소에서 만나니 신기하기도 해서 쪼그리고 앉은 그녀는 병아리를 보았다.

"난 병아리야. 우리 친구하자."

그녀는 놀라며 웃었다. 병아리가 말했다.

"언니, 토익 점수가 너무 안 나와서 걱정이지? 밤새도록 잠도 잘 못 자고 공부만 하는데 800점대에서 오르질 않잖아. 목표하던 대기업에 취업하려면 그보다 훨씬 점수가 높아야 하는데 말이지. 외모만 꾸미던 친구가 대기업에 취업하는 걸 보고 얼마나 속이 상했던지. 그까짓 외모보다 진짜 성격이 중요한데 말이야."

처녀는 고개를 끄덕이며 외쳤다.

"맞아! 넌 내 마음을 어쩜 그렇게 잘 아니?"

병아리는 그녀의 손바닥에 폴싹 날아들며 외쳤다.

"난 다 알고 있어! 나는 이 세상에서 언니의 마음을 가장 잘 이해하는 친구니까."

처녀는 점점 몸을 움직이기가 귀찮아졌다. 어학원이고 뭐고 다 상관없었다. 병아리만 곁에 있어주면 되었다. 그녀를 비난하는 부모님과 동생, 학원 선생님의 목소리 대신 내내 병아리의 말만 듣고 있고 싶었다. 그녀는 그렇게 횡단보도 앞에 모로 누워 병아리의 목소리를 들으며 흐뭇한 미소를 지었다.

그런 일은 동시다발적으로 일어났다. 종로 일대의 교통이 마비되었다. 도로와 횡단보도 위에 드러누워 있는 사람들 때문이었다. 그들은 하나같이 모로 누워 병아리의 말을 들으며 백일몽이라도 꾸는 것처럼 행복한 미소를 짓고 있었다. 이에 열 시 뉴스에서는 생방송으로 현장을 보도하기도 했다. 노란 병아리 그림과 '촛불 시위 대신, 병아리 시위?'라는 카피가 여성 아나운서의 오른편에 떴고, 그녀는 종로 일대에서 벌어진 기현상을 보도하며 현장에 카메라를 연결했다. 헬리콥터를 탄 채 상공에서 아래를 내려다보던 기자는 흥분한 목소리로 말했다.

"정말입니다. 100여 명도 넘는 사람들이 길바닥에 드러누운 채 꼼짝도 않고 있습니다. 시위와 달리 매우 평화로운 광경입니다. 차라리 잠을 청하고 있는 것처럼 보일 정도입니다."

"군데군데 보이는 노란 점이 바로 문제의 병아리들인가요?"

"지금 카메라를 확대해보겠습니다. 보이십니까?"

"예, 맞습니다. 노란 병아리들입니다."

상공에서, 카메라 화면을 통해 그 광경을 본 취재진과 아나운서, 그리고 집 안에서 TV를 시청하고 있던 시민들은 도무지 그 일을 이해할 수 없었다. 병아리가 무슨 대수라고 저렇게 꼼짝 못 하고 붙들려 있단 말인가. 게다가 저토록 행복한 표정이라니! 이해할 수 없던 사람들 중 몇몇은 그들의 표정에 묘한 매력을 느껴 직접 찾아가보기도 했다. 현장에 도착한 그들 역시 곧바로 병아리의 포로가 되었다. 자발적으로, 기꺼이 말이다.

　연일 뉴스가 보도되는 동안 사람들은 며칠이고 일어나지 않았다. 구급대원들이 출동하여 그들을 일으키려 했지만 사람들은 도리어 대원을 무섭게 노려보며 방해하지 말라고 뿌리칠 뿐이었다. 얼마 후에는 구급대원들마저 병아리를 만나서 유니폼을 입은 채로 바닥에 드러눕게 되었다. 이어 의료진이 파견되어 며칠 동안이나 밥도 먹지 않고 잠도 자지 않는 그들에게 영양제와 링거를 놓아주었지만 아무 반응도 없이 의료진이 하는 대로 놔둘 뿐이었다. 지금 그들의 관심사는 오로지 병아리뿐이었다. 앞선 구급대의 교훈으로 귀마개를 단단히 착용하고 도착한 의료진 중 자신의 임무를 마치고 돌아온 이들은 자못 기묘한 광경이었다며 느낌을 말로 제대로 표현하지 못했다. 세이렌의 목소리에 이끌린 어부처럼 귀마개를 벗어던지고 함께 드러눕는 이들도 속출했다. 종로 일대는 보이지 않는 전염병이 돌기라도 한 것처럼 바리케이드로 봉쇄되었다. 전염병과 다른 점이라면 바이러스가 아니고, 사람들을 해치지 않으며, 오히려 행복하게 해준다는 점이었다. 어찌나 행복했던지 그것 외에는 아무것도 하지 않으려고 해서 큰 문제였지만. 일대가 마비되었지만 상가 안의 사람과 차 안의 사람들 역시 병아리의 포로가 되었으므로 아무도 장사가 안 된다고 시위를 벌이거나 여기서 나가야 한다고 발버둥치지 않았다. 모든 것이 고요하고 평화로웠다. 거리에는 병아리들이 삐악삐악 우는 소리와 사람들이 나직한 목소리로 기분 좋게 대꾸하는 소리뿐이었다.

한편 매스컴에서는 여러 각도로 가설을 내놓으며 현상을 분석했다. 사람들은 가족과 친척, 연인과 친구가 그곳에 있다는 것을 알면서도 선뜻 다가가지 못하고 숨을 죽인 채로 TV만 보았다. TV의 시사 토론에서는 뇌 신경학자가 패널로 출연해 1950년 제임스 올즈와 피터 밀러라는 사람이 했던 동물 실험에 대해 말했다. 그들은 욕구를 쾌락, 식욕, 성욕의 세 가지로 구분한 실험을 했다. 쾌락 자극에 반응하는 곳은 뇌의 측좌핵이라는 부분과 편도핵이라는 부분의 일부였다. 그들은 쥐가 구분할 수 있도록 쾌락 버튼과 식욕, 성욕 버튼을 분류해놓았다. 몇 번 사람이 눌러주자 그들도 인지할 수 있었다. 그런데 그들이 어땠나 하면 식욕과 성욕 버튼은 거들떠보지도 않고 지쳐 나자빠져 죽을 때까지 쾌락 버튼만 눌러댔다. 이 쾌락이라는 것은 한마디로 생존과는 아무런 관련이 없는 것이었다.

학자는 덧붙여 말했다.

"기분만 좋다면 죽든 살든 상관없다! 정말 놀랍지 않습니까?"

사회자가 반문했다.

"박사님, 그래서 지금 이 현상과 그 실험이 무슨 상관이라는 말씀이신지요?"

"제 말은 병아리들이 그들에게 일종의 쾌락 버튼을 누르는 것과 같은 역할을 하고 있다는 것입니다. 직접 경험해보지 않아서 모르겠지만 분명히 뇌를 자극하는 전파 같은 것이 나올 겁니다. 겉으로 보기에는 삐악거리는 것 같지만 말입니다. 실제로 특정 음역의 소리를 통해 인간을 세뇌시키는 것이 가능합니다. 1980년 네덜란드의 한 음악 치료원에서도……"

박사는 사례들을 늘어놓았다.

그 시간 다른 채널의 토론 프로그램에서는 진화 심리학자가 페르미의 역설에 대해 말했다. 페르미의 역설이란 1940년대에 엔리코 페르미를 비롯한 몇몇 물리학자가 지구 바깥에 지적 생물이 존재할 가능성에 대해 나눈 대화에서 비롯된 것으로, 그들은 우리 은하계에 별이 1천억 개나 있고, 그중 하나인 지구에서 급속하고 연속적으로 생명의 진화가 이루어져 인간이 몇백 년 만에 은하를 지배할 수 있었다는 사실에 놀라움을 금치 못했다. 그러면서 그들은 논리적으로 보면 지금쯤 이 은하계에 외계의 지적인 생명체가 널리 퍼져 있어야 한다고 결론을 내렸다. 그때 페르미가 조용히 물었던 것이다. 그렇다면, 그들은 다 어디에 있는 것인가 하고. 여기에는 두 가지 가능성이 있을 수 있다. 하나는 우리의 과학이 외계 지성의 진화 가능성을 과대평가한 것이고, 다른 하나는 기술적으로 뛰어나게 진화한 지성은 자신의 가능성을 스스로 제한하고 심지어는 자신을 소멸시키려는 강한 지향을 지닌 것이 아니냐는 것이다. 이는 지금 경쟁적으로 원자탄을 만들어내는 인간들만 보아도 잘 알 수 있을 것이다. 서로에게 원자탄을 쏘고 자멸. 학자는 이 두 가지와 다른 가설을 내세웠다.

"저는 외계인들의 기술 발달이 어느 단계에 다다르면 자멸해 버린다고는 생각하지 않습니다. 그들은 단지 컴퓨터 게임에 중독되어 있는 것입니다. 그래서 전파 신호를 보내는 것도 잊고, 우주를 식민지로 삼을 생각도 하지 않는 것입니다. 그들은 질주하는 소비주의와 가상현실의 나르시시즘에 빠져 다른 데 한눈을 팔 여유가 없습니다. 오늘날의 우리처럼 말입니다. 불과 몇십 년 사이에 등장한 엔터테인먼트 상품들을 보십시오. MP3, DVD, 메신저, SNS, 닌텐도, 플레이스테이션 등등. 지금의 젊은이들은 이러한 것에 중독되어 현실에 적응하고 있다고 위장하고 있는 상태입니다. 친구를 사귀는 대신 〈프렌즈〉를 보고, 우주 정복의 계획을 짜는 대신 〈스타워즈〉로 대리만족을 하지요. 쾌락 원칙이 현실 원리에 승리한 것이라고나 할까요. 외계인들 역시 오락을 위해서 스스로를 소진하며 점점 멸종의 길로 나아가는 것입니다. 생산도 번

식도 재분배도 하지 않고 오직 쾌락에 취해 심지어 침식을 잊기도 하는 것입니다. 현대 사회의 자본주의를 대신할 것이 없다고 하는데 제가 보기에는 그보다 더 막강한 것이 쾌락주의입니다."

진행자가 질문했다.

"의미 있는 말씀입니다만, 지금의 현상과 관련이 있습니까?"

"병아리들이 외계에서 온 것일 수도 있다는 말이지요. 만일 그렇다면 우리는 진지하게 받아들여야 할 것입니다. '친구'가 되어주겠다고 하는 외계인이라면 적어도 다른 외계인들처럼 쾌락에 빠진 상태가 아닌, 진정한 관계를 도모하고 있다고 봐야 하니까요. 다만 이런 식으로 접근해오는 것은 달리 방도가 없기 때문이라고 사료됩니다만."

입을 딱 벌리고 듣던 사람들은 무슨 헛소리인가 했지만, 세간에 마인드 컨트롤이 주목받고 이어 오타쿠 집단의 외계인 침공설까지 가세하자 혼자서는 정신을 못 차릴 지경이 되었다. 사람들은 이 말에 휩쓸렸다가 저 말에 휩쓸렸다가 했지만 진실은 저 너머에 있었다.

또 한편 경찰과 형사들은 수사를 진행하고 있었다. 우선 그들은 목격자 제보를 통해 육교와 초등학교 앞에 나타난 병아리 장수들을 중심으로 조사해나가기 시작했다. 귀마개를 단단히 착용한 그들은 조심스레 병아리 장수에게로 다가가 고함을 질러댔다.

"이 병아리들은 어디서 가져온 겁니까?"

병아리 장수들은 대꾸가 없었다. 다만 그들은 홀린 듯이 라면 박스 안에 가득 담긴 노란 병아리들을 내려다보며 백치처럼 흐뭇한 미소를 지을 뿐이었다. 아이들은 아무리 막아도 병아리들을 샀다. 부모의 당부대로 귀마개를 꼭꼭 착용하기는 했지만 호기심까지 억누를 수는 없었던 것이다. 경찰 역시 병아리를 산다는 이유로 총기류를 사거나 폭력을 휘두르는 범인에게 하듯이 수갑을 채우거나 구속영장을 발부할 수 없었으므로 지켜보는 수밖에 없었다. 육교 위에서 병아리를 사는 사람들 역시 마찬가지였다. 다양한 사람들이 병아리를 샀다. 젊은 부인, 늙은 노파, 중년 남성, 유치원생, 장애인 등등. 경찰은 그들도 말릴 수 없었다. 다만 병아리와 가까이 있을 시에는 꼭 귀마개를 착용하라고 연신 당부하고 또 당부할 뿐이었다. 그러면서도 그들의 마음 깊은 곳에서 의구심이 이는 것은 마찬가지였다. 뭐가 그렇게 위험한 걸까. 길바닥에 누워 있던 사람들의 행복한 표정이 뇌리에서 떠나지 않았다. 매스컴의 위력은 대단했다. 병아리 장수는 병아리가 다 팔리면 어디론가 슬그머니 사라졌는데, 아무리 주의해서 뒤를 밟아도 어찌나 신출귀몰한지 놓치기 일쑤였다. 그들은 목숨이라도 거는 것처럼 비밀을 고수했다.

경찰들은 서울 근교의 양계장들을 급습하기도 했지만 빼곡하게 들어찬 닭장 속에서 기계적으로 알을 낳고 있는 닭들만 발견했을 뿐이었다. 계란으로 팔리지 않은 병아리들은 급속 성장해 영계로 팔리거나, 알을 낳는 사이클 속으로 들어가기 바빴다. 주인에게 물어도 시큰둥하게 '그런 병아리를 왜 만들겠어요? 돈도 안 되는데'라고만 할 뿐이었다.

경찰이 그렇게 당부해도 집으로 병아리를 들고 돌아가 귀마개를 빼고 삐악거리는 소리를 들어보는 사람들이 속출했다. 학교에 결석하는 학생들이 늘어나고, 직장에 결근하는 사람들이 늘어났다. 거리는 한가하기 짝이 없어졌고, 연일 정체를 이루던 중심가의 도로도 차들이 쌩쌩 달려갈 정도로 한산해졌다. 사람들은 집에만 틀어박혀 외출할 생각도 하지 않았다. 그들이 무의식적으로 틀어놓은 TV에서는 이제 '은둔형 외톨이' 대신 '병아리형 외톨이'라는 신조어를 만들어서 떠들어대고 있었다.

이러한 광풍에 휩쓸리지 않은 사람들은 앞서 매스컴에서 비난조로 떠들어대던 '은둔형 외톨이'들로 그들이 뭐라고 떠들던 관심 없이 오로지 자기 자신 안에 틀어박혀 있었다. 자신의 연구에 골몰하는 학자나 작품 창작에 여념이 없는 예술가들도 마찬가지였다. 그들은 세상 돌아가는 것에 거의 관심이 없었으며 어쩌다가 매스컴에서 들이닥쳐도 이렇게 말할 뿐이었다.

"병아리라고요? 그들이 친구가 되어준다고요? 저보다 상상력이 풍부하시군요."

"흥. 친구라고. 그건 약한 사람들이 찾는 쓰레기에 불과해! 하나도 재미없으니까 방해 말고 얼른 꺼져버려!"

하지만 매스컴은 납득할 수 있는 대답을 찾을 때까지 조사하는 것을 멈추지 않았다.

병아리의 실체가 밝혀진 것은 예상 외로 어느 전자게시판에 올라온 게시물을 통해서였다. 처음에는 디지털카메라와 노트북에 관련된 정보를 주고받는 형태로 시작된 사이트는 현재 기계 정보보다는 갤러리라는 각 분야의 커뮤니티 자체 기능이 더 확대된, 한마디로 온갖 잡다한 게시물이 다 올라오는 데이터베이스의 집적이었다. 게시물의 제목과 내용은 이러했다.

〈파고다 병아리의 실체. 쿠쿵!!!〉

흥들아~ 요즘 파고다 병아리 때문에 난리난 거 알지?

나도 한 마리 키워보고 싶었는데 마침 집 앞에서 팜. 게다가 마넌밖에 안 함. 우왕 굿.

처사와서 진짜 애정하는데 엄마가 와서 귀마개 씌우고 난리도 아니었음.

하는 수 없이 귀마개 쓰고 박스로 집 마련해주고 물 좀 줬음. 근데 너무 줬음. 페트병으로 반병. 헐. 다음 날 보니 물에 처빠져 죽었음. 근데 ㄷ ㄷ ㄷ ㄷ ㄷ ㄷ………

사진 보임? 뭐로 보임? 이거 생물 아니지? 로봇 아님?

첨부된 사진에는 털이 벗겨져나간 병아리의 안이 보였는데 철 골로 된 구조와 레이저 장치 그리고 음성 기능 장치까지 장착되어 있었다. 물 때문에 퓨즈가 나간 것으로 보였는데 로봇이라기보다 장난감처럼 보였다. 수많은 댓글들 역시 장난감이라는 의견이 지배적이었다. 속았다는 반응과 함께, 그럼 그렇지 생물일 리가 없어 하는 반응, 기계인데 어떻게 사람 마음을 그렇게 잘 아는가 하는 의문, 똑같은 물건을 대량 생산한 걸 보면 사제라기보다 완구 회사에서 생산한 것이 아닐까 하는 좀 더 현실적인 의견들이 있었다. 회사의 상품이라면 가격 대비 최상의 상품에 최고의 마케팅을 택한 것이라고 치켜세우는 축들도 있었다. 현재 병아리는 없어서 못 사는 상품이 되었으니 말이다.

이 게시물이 SNS를 통해 일파만파 퍼져나가자 이제 매스컴과 경찰은 완구 회사를 이 잡듯 뒤지는 데 혈안이 되었다. 한편 국내 과학기술연구원 소속 공학자가 병아리를 분해해본 결과, 기본 구조는 시중에 판매되는 센서가 달린 로봇 강아지와 별다를 바가 없지만 기능들이 훨씬 더 정교하게 업그레이드된 상태라고 분석했다. 특히 뇌파 분석 기능과 언어 기능은 이제 막 미국과 일본 등지에서 상품화가 가능해진 단계인데도 그보다 훨씬 앞서 있다고 놀라워했다. 현재 국내에서는 이 기술을 구현할 장비가 없으며, 개발된다 해도 어마어마한 연구비와 개발비가 들어갈 것이므로 아무리 많이 만들어낸다 해도 만 원이라는 가격으로는 턱도 없다고 했다. 이는 해외에서도 마찬가지였다.

이로써 병아리의 실체는 판명된 셈이었지만 출처와 목적은 더욱 미궁으로 빠져들 뿐이었다. 도대체 누가 어떤 목적으로 의문의 병아리를 만들어서 배포하고 있는가! 시민들의 항의에 견디다 못한 경찰들은 병아리 장수들을 억지로 잡아다가 구금시키기까지 했다. 그래 봐야 그들은 칠십이 넘은 노인들로 병아리를 어디서 떼어다 파느냐는 물음이 반복되자 답답해하며 살고 있는 반지하나 낡은 아파트 단지의 집 앞에 내놓은 박스를 아침마다 누군가가 채워놓고 간다고만 대꾸할 뿐이었다. 그 모습을 보려 해도 어떻게 알았는지 늘 잠들었을 때 놓고 간다고. 장사로 번 돈은 어떻게 하느냐는 말에 생활비로 쓴다고 했다.

매스컴에 의해 이러한 기사가 나가자 점점 병아리를 만든 사람을 두둔하는 여론이 일었다. 그도 그럴 것이 미지의 인물은 사람들을 너무 행복하게 해준다는 것, 일상을 영위하기 싫을 정도로 행복하게 해준다는 것 외에는 사회에 아무런 해도 끼치지 않았으며 오히려 독거노인 일자리 창출까지 돕고 있지 않느냐는 것이었다. 또한 병아리 장수들이 죄다 잡혀가자 새로 병아리들이 공급되지 않았던 것도 그들의 비난이 거세지고 있는 주된 이유였다. 그래도 경찰들은 희망을 버리지 않고 병아리 장수들의 거처에 잠복하고 있는 등 출처를 알기 위해서 안간힘을 다했지만 용의주도한 미지의 인물은 결코 모습을 드러내지 않았다. 결국 경찰도 병아리 장수들을 풀어주는 수밖에 없었다.

하지만 그들이 돌아가도 병아리는 다시 공급되지 않았다. 게시판의 정보에 자극받아 사온 병아리를 분해해본 사람, 실수로 망가뜨린 사람, 이번에야말로 꼭 사겠다며 벼르던 사람들은 애가 탔다. 특히 병아리에 중독된 경험이 있는 사람들은 최소한의 사회생활만 하며 백방으로 병아리를 구하러 다녔다. 간혹 돈이 필요해서 눈물을 머금고 경매 사이트에 병아리를 내놓는 사람도 있었는데, 가격이 천정부지로 치솟아서 국산 중형차 한 대 값으로 팔리기도 했다. 그만큼 물건을 내놓는 사람은 드물었다.

끔찍한 사건이 발생한 것은 파고다공원의 한 노인 앞에 병아리가 나타난 지 한 달째 되던 날이었다. 경기도에 거주하는 한 중학생이 어머니를 목 졸라 살해한 뒤 스스로 목숨을 끊은 사건이 일어났던 것이다. 안방 침대에 숨겨 누워 있는 어머니 김 모(44·여)씨를 여동생이 발견하고 신고했으며 출동한 경찰이 조사하던 중 베란다 도시가스 배관에 전깃줄로 목을 매 숨겨 있던 김씨의 아들을 발견했다. 김씨의 아들 A(15·중학교 3년)군은 매스컴에서 떠들던 대로 '병아리형 외톨이'였다. 평소에도 A군은 병아리 문제로 나무라는 김 씨와 자주 다툰 것으로 알려졌다. 인근 마트의 캐셔로 생계를 이어나가면서도 아들의 병아리 중독증을 고쳐보려고 A군을 전문 기관의 치료 상담을 받게 했지만 모두 소용없었다. 이에 결심한 어머니는 사건 전날에 병아리를 한 경매 사이트에 팔아버렸고, 아들이 잠시 잠든 사이 회수한 병아리를 구매자에게 넘기고 돈을 받았다. 잠에서 깨어난 아들은 병아리를 찾으며 길길이 날뛰었고 밤새 심하게 다투다가 다음 날 새벽 무서운 참극이 일어났던 것이다.

이 사건 역시 웹과 SNS를 통해 일파만파 퍼지면서 병아리 문제의 심각성이 대두되었다. 병아리형 외톨이를 둔 가족들과 파고다 공원 일대에 누워 있는 사람들의 가족과 친지들까지도 이제 진지하게 걱정하기 시작했다. 병아리가 망가지거나 사라진다면 그들에게 대체 무슨 일이 일어날 것인가! 중독이 깊어질수록 대책이 시급했다. 긴급 조직된 시민 단체인 병아리 희생자 모임에서는 사람들에게서 병아리를 떼놓을 방안을 강구했다. 첫 번째로 약물을 주사한 뒤 병아리와 강제로 떼어놓는 것이었다. 하지만 이 첫 번째 방안은 A군 사건의 여파가 아직도 남아 있는 탓인지 모두들 꺼렸다. 그래서 나온 것이 두 번째 방안으로 병아리만큼 강력한 무언가로 그들을 사로잡는 것이었다. 강력한 중독성을 지니고 있으면서도 스스로 조절이 가능하고 일상생활도 영위하게 하는 것들이 거론되었다. 희생자들이 남녀 불문하고 다양한 세대였기에 여러 가지 방안이 나왔다. 술, 담배, 과자, 초콜릿, 게임, 애니메이션, 드라마 등등. 약물이나 도박, 섹스와 같은 강도 높은 방안에 대한 제안도 슬쩍 나오기는 했지만 곧 꼬리를 감추었다. 회의적인 의견들도 있었다. 중독을 다른 중독으로 대처하는 것이 과연 옳은 일인가 하는 것이었다. 하지만 일단 사람이 살고 보는 것이 중요했다. 때문에 두 번째 방안으로 가족과 친척, 친구들은 중독자에게 접근하기로 결정되었다. 그런 친지들이 없는 이들은 자원봉사자들이 연령대에 맞는 중독을 준비하여 접근하기로 했다.

처음에는 중독자들 대부분이 그들의 회유를 귓등으로도 듣지 않았다. 그들은 거의 피골이 상접해진 얼굴과 팔이면서도 눈만 무섭게 빛나며 가족과 친척, 친구들을 밀어냈다. 한평생 찾아 헤매었던 완벽한 교감 상대를 버리라니 말도 안 된다는 것이었다. 그들이 준비해 간 카드들을 내밀어도 하찮다는 듯 집어던지며 이깟 단편적인 오락물로는 자신을 설득할 수 없을 것이라고 주장했다.

그래도 끈질기게 회유하자 겨우 넘어오는 사람도 아주 간혹 가다 있었다. 이들은 원래 제시하는 중독에 꽤 깊이 빠져 있었던 이들로 전에 가족들과 불화를 일으킬 정도로 깊이 빠졌던 사람들이 다수였다. 이들이 이렇게 무거운 중독에서 벗어나 병아리를 버리고 좀 더 가벼운 중독으로 옮겨가는 동안에도 충직한 중독자들은 이제 목숨이 얼마 남지 않은 상태에서까지 병아리를 붙들고 놓아주지 않았다. 그런 사람들은 대부분 전에는 게으름이라곤 한 번 피워 본 적 없이 충실하게 살았던 이들이었다. 아니면 일상으로 돌아와도 아무런 낙을 찾을 수 없는 경우이거나. 드디어 공식적인 첫 사상자가 나왔다. 바로 병아리를 처음 발견했던 그 노인이었다. 노인은 평온하게 숨을 거두었다. 마지막까지 만족한 미소를 띤 채. 노숙자였던 노인의 가족은 이미 이 세상에 아무도 남아 있지 않았다.

노인이 죽자 다른 회유자의 마음은 좀 더 급박해졌다. 부드럽게 달래던 것을 넘어 화를 내거나 말다툼과 몸싸움을 벌이기도 했다. 딸이나 아들, 남편이나 아내, 언니나 동생의 돌아누운 등을 때리며 울부짖는 이들이 늘어갔다. 친지들은 중독자들에게 왜 그깟 기계장치에게 마음을 주느냐고, 그 따위 고철하고는 비교도 안 되게 당신을 사랑하고 아끼는 사람이 있는데 도대체 왜 그러느냐고 고래고래 고함을 질러댔다. 그런 그들에게 중독자들은 여전히 모로 누운 채 팔짱을 끼고 고개를 저으며 조그맣게 중얼거릴 뿐이었다. 어차피 당신은 나를 완벽히 이해 못 해. 인간관계에는 이제 지쳤어. 타인이 필요 없는 세상에서 살 거야. 이대로 행복해. 충분하다고.

이 모든 소동과 혼란이 끝난 것은 병아리들이 하나둘 죽어가기 시작한 덕분이었다. 아니, 죽은 게 아니라 그저 기계의 수명이 다 된 것일 뿐이었다. 시종일관 환하게 노란빛을 띤 채로 노래하고 마음을 다한 말을 걸어오던 병아리가 기계장치의 신이 스위치를 내리듯이 하나둘 전원이 나가기 시작하자 중독자들은 말 그대로 절규하고 오열했다. 먼저 간 병아리를 붙들고 있던 이가 아직 살아 있는 자의 병아리를 빼앗고 훔치는 등 아비규환의 사태가 벌어졌지만 살아 있던 것 역시 곧 죽었기 때문에 모든 것이 무의미해졌다. 일대는 지옥으로라도 변한 것처럼 오로지 울부짖음만이 들려올 뿐이었다. 한 번 죽은 병아리는 회생 불능인 것으로 밝혀졌다. 국내는 물론이고 해외 유수의 공학자들도 분석을 시도했으나 무엇에서 기계를 작동시키는 에너지가 공급되고 있었는지 알 수 없으며 배터리나 그 비슷한 것도 찾아볼 수 없어 안에 에테르와 비슷한 상태의 어떤 물질이 차 있다가 천천히 소진되는 것이 아닌가 하는 가설이 나왔다. 어쨌거나 죽은 병아리는 다시 돌아올 수 없었다.

　매스컴이 점차 잠잠해지며 다른 소식들로 지면을 채워나가고 경찰들이 새로운 범죄를 뒤쫓으며 세간의 관심이 일단락된 가운데, 중독자들은 어쩔 수 없이 자포자기 상태로 사회로 복귀했다. 하지만 그들에게 남은 것은 자신의 모든 것을 이해해주던 병아리에 대한 깊고 큰 그리움뿐이었다. 한때 완벽한 교감을 경험했던 이들은 겉으로는 전처럼 사람들을 대하고 사회생활을 하면서도 속으로는 깊은 괴리감과 함께 슬픔을 느꼈다. 아무도 병아리처럼 자신을 완벽하게 이해해주지 않는 데서 오는 슬픔. 자신의 순수한 욕구를 직접적으로 해결하는 것이 아니라 타인의 욕망을 욕망하는 복잡한 구조로 이루어진 인간 사회에 대한 피로감.

　그들은 낮에는 아무렇지 않게 생활하다가도 밤이면 인터넷상으로 모여들었다. 병아리의 실체를 밝혀냈던 사이트에 만들어진 일명 병아리 갤러리였다. 이들은 모두 성별도 연령대도 달랐지만 한때 자신과 완벽한 공감을 이루었던 병아리를 애도하고 추모한다는 점에서 모두 같았다. 병아리 사진과 노래, 책, 영화, 로봇, 인공지능에 대한 게시물들이 올라왔다. 그들은 가족이나 친척, 친구 사이도 아닌 낯선 타인들이었지만 이 갤러리 안에서는 친지들보다 더한 친밀감을 느끼며 사교성을 발휘했다. 그들은 정보를 주고 받으며 애정을 느끼는가 하면 서로의 정보를 겨루고 질투하기도 했다. 또한 허세를 부리고 당파를 만들어 서로를 비방하고 중상하기도 했다. 이렇게 아옹다옹하면서도 시간만 나면 이곳으로 모여들었다. 그들은 사이트 특유의 반말이나 거친 말, 욕설을 퍼부으면서도 따스함과 소속감을 느꼈다. 마치 거대한 병아리가 그들을 보송보송하고 폭신한 두 팔로 감싸주기라도 하는 것처럼.

결국에는 한때 중독자였던 이들 역시 사회와 자신과의 괴리를 조율해가는 가운데, 사람들은 대체로 두 가지 부류로 나뉘었다. 아주 드물게 찾아오는 보석 같은 순간을 위해 영원한 불만족을 감수하며 인류 대대로 내려오는 사회와 관계로 돌아가는 부류, 병아리처럼 일대일의 만족을 주는 새로운 상품을 소비하는 부류로. 두 번째 부류 중 몇은 병아리를 방불케 하는 중독성 짙은 게임이나 캐릭터를 통해 무한 2차 창작이 가능한 애니메이션을 제작하고는 인터뷰에서 어쩌면 병아리를 만났던 그 경험이 자신으로 하여금 어떤 갈림길에서 영원히 이쪽으로 들어서는 계기가 되었다고 고백하기도 했다.

어떤 갈림길이냐고 묻는 인터뷰어에게 그들은 난처하다는 듯 웃으며 글쎄요, 인간과 동물의 경계랄까요, 하고 대꾸했다. 인터뷰어는 못 알아듣겠다는 얼굴로 동물입니까, 하고 반문했다. 그러자 제작자는 에, 하고는 말하자면 욕망과 욕구의 차이입니다, 하고 말을 이었다. 인간은 욕망을 갖지만 동물은 욕구밖에 갖지 않는다고. 욕구란 특정한 대상을 가지고 그것과의 관계에서 충족되는 단순한 갈망인 반면, 욕망은 욕구와 달리 바라는 대상이 주어져 결핍이 충족되어도 사라지지 않는 것이라고. 예를 들어 욕구란 배고픔을 느끼고 음식을 먹는 것이며 욕망이란 여성에 대한 남성의 욕망이라고 했다. 이런 욕망이란 타자에 의한 타자를 위한 것으로 이를 통해 사회가 성립된다고. 하지만 욕구만 남은 동물적인 인간은 더 이상 타인이 필요 없게 된다, 이런 것입니다. 그리고 저는 후자의 길로 들어선 것이지요 하고 그는 장황하게 설명했다.

인터뷰어는 충실하게 제작자의 말을 지면으로 옮겼다. 한편 모든 것을 잊고 별생각 없이 살아가는 이들도 많았다. 병아리 갤러리는 차츰 잊혀져갔고 찾아오는 사람이 드물어 광고 글로 도배되었지만 아무도 지우거나 신고하지 않았다.

모든 것은 빛난다

"다이아 반지여야 돼. 1캐럿으로."

돌아오는 춘삼월이면 신부가 되는 박소라가 이렇게 말했을 때, 예비 신랑은 입을 꾹 다물고 반론을 준비했다. 이윽고 쏟은 말 중 첫째는 지금 우리 형편에, 였다. 예비 신랑은 증권회사에 입사한 새내기였고 온천이 난 땅에 스파랜드를 지어 졸부가 된 아버지에게서 독립하고 싶어 했다. 씨알도 먹히지 않자 그가 둘째로 내민 카드는 그거 다 장롱행이야, 였다. 여자들이 그렇게 갖고 싶어 하는 밍크코트와 마찬가지로. 그는 시어머니에게 마땅히 해 와야 할 밍크코트도 자기가 반대해서 안 하지 않았냐고 큰소리를 쳤지만 소라는 실눈을 떴다. 그는 술에 취하면 중학교 때 아버지가 재혼한 후 집에 정을 붙이지 못하고 하숙생처럼 살았다는 것을, 중대한 비밀이라도 되는 것처럼 몇 번이나 말했던 것이다. 마지막으로 신랑은 부르르 떨며 외쳤다. 대체 그게 뭐라고 그토록 갖고 싶다는 거야! 그렇게 예뻐? 소라가 말했다.

"예쁘단 말로는 부족해. 눈을 뗄 수가 없지."

신랑은 길게 한숨을 쉬고 마지못해 물었다. 비싸냐? 소라는 고개를 끄덕이고는 말했다.

"천만 원 넘어."

신랑은 이 계집애가 미쳤나, 하는 표정으로 쳐다보더니 외쳤다. 도대체 여자들이란 이해할 수가 없어! 고작 탄소로 이루어진 광물 덩어리가 뭐 대단하다고. 그거 다 사치야, 사치! 야무진 줄 알았더니 너도 천생 여자네…… 나도 확 파텍 필립 시계나 사버려? 신랑은 되는대로 내뱉었지만 박소라는 팔짱을 낀 채 커피숍 창문을 물끄러미 바라보았다. 이것만은 절대 양보할 수 없어. 잘 보이지도 않는 3부, 콩만 한 5부론 만족할 수 없단 말이야. 1캐럿 이상이 아니면 안 돼. 그런 표정으로 입을 앙다문 채로.

시댁에서는 애매한 반응을 보였다. 예비 며느리가 마음에 쏙 들지 않았던 탓이었다. 그들에게는 없는 품위가 있는 며느리를 원했는데 소라는 날티가 나 보였다. 조막만 한 얼굴에 가무잡잡한 피부도, 비쩍 마른 몸도 남자 꽤나 후렸을 외모지만 속도 위반이었기 때문에 할 수 없었다. 형편이 넉넉하지 않은 그녀 집에서도 예단으로 불똥이 튈까 말싸움이 나고 눈물이 흩뿌려지기도 했지만 소라는 끝까지 고집을 꺾지 않았다.

결국 시어머니와 G브랜드 숍에 반지를 보러 가는 날이 왔다. 때마침 봄 신부를 겨냥한 컬렉션이 출시된 참이었는데, 모나코 왕비였던 할리우드 여배우 그레이스 켈리를 모티브로 제작된 것이었다. 컬렉션의 백미는 다이아몬드 반지였다. 1캐럿 다이아를 중심으로 멜리 다이아가 촘촘히 박히고 양쪽에 동일한 보석 장식까지 달린 쓰리 스톤 디자인의 반지는 극도로 화려했다. 보는 순간 넋을 잃은 소라 옆에서 시어머니는 너무 화려하다며 직원에게 단순한 디자인에 백금으로 된 반지를 보여달라고 했지만 이미 다른 것은 소라의 안중에도 없었다. 또 그것도 직원 말대로라면 '겨우' 몇백 싸지만 반지는 '평생' 끼는 것이기 때문에 시어머니는 예비 며느리가 원하는 대로 그레이스 켈리 반지를 사주는 수밖에 없었다. 시어머니도 사치를 좋아했다. 밍크코트를 요구하지 않은 것은 K사, J사의 제품이 장롱에 몇 벌이나 있었기 때문이었다. 그녀는 반지에 도취된 소라를 보면서 함께 백화점을 돌아다니고 마사지를 받을 미래를 상상했다. 어쨌거나 예비 며느리는 충분히 젊고 애교도 있고 예뻤다. 이렇게 정이 드는 거지 뭐.

소라는 결혼식 날부터 오른손에 1캐럿짜리 다이아 반지를 끼었다. 친구들은 시기와 질투가 타오르는 시선으로 반지에서 눈을 떼지 못했다. 역시 시댁이 잘살아야 한다니, 네 남편은 너 먹여 살리느라 등골이 휘겠다느니 빈정대는 애들도 있었지만 돌아서면 자신의 이름을 들먹이며 애인과 남편을 몰아세워 댈 게 분명했다. 아마 여자들은 친구가 없다면 결혼식도 안 할 터였다. 부러워해줄 사람이 없어서. 하지만 오늘은 내가 승리자다. 그녀는 의기양양하게 허리를 곧추세우고 목을 빳빳이 들었다. 자기 인생 어느 장면에서도 이렇게 대놓고 주인공이 되어본 적이 없었다. 모두가 이곳에서 가장 아름다운 자신을 보며 축복해주었다. 진짜 그레이스 켈리가 되기라도 한 것 같았다.

신혼 여행지인 교토의 한 전통 가옥 다다미에 누운 채 왼쪽 네 번째 손가락에서 번쩍이는 것을 바라보던 소라의 눈가에서 거짓말처럼 눈물방울이 또르르 굴러 내렸다. 내 꿈하고 바꾼 거야. 누가 뭐라 하건 이 정도는 되어야지. 대학 졸업 후 오 년간 그녀는 승무원 지망생이었다. 관련 학과를 나온 것도 아니고 전문대 일어 일문과를 나왔지만 승무원이 되고 싶었다. 유니폼을 입고 세계 곳곳을 누비고 싶었다. 허영이라 해도 누구보다 폼 나게 살고 싶었다. 무작정 찾아간 학원에서는 그녀도 될 수 있다 했다. 키가 160센티였으므로 국내선과 유럽, 미국계 항공사는 불가능해도 아랍이나 홍콩계는 가능하다고 했다. 키는 기내의 사물함만 여닫을 수 있으면 되고 그녀는 하이힐을 좋아했다. 영어 회화 스터디에 수영 강습, 심폐소생술 수업, 흰 종아리 교정 밴드를 하고 자는 등 눈물 나는 노력을 했지만 최종 면접에서 번번이 미끄러지곤 했다. 몸무게가 적다는 말에 쪽진 머리에다 몰래 건전지를 말아 넣기도 하고, 이가 누렇다는 소리에 치아 미백도 했다. 하도 답답해서 찾아간 점쟁이가 이마의 잔머리를 밀고 빨간 팬티를 입으면 합격한다고 한 말을 못 이기는 척 따르기도 했다. 삼 년간 헛수고를 했을 즈음에야 조건이 안 맞으면 애초에 안 된다는 걸 깨달았다. 같이 회화 스터디를 하던 전문대 출신 합격생 언니가 낙하산이었다는 것을 알고 난 후였다. 그렇지만 인정할 수 없어 계속 학원엘 다니며 얼마 되지도 않는 월급을 들이부었다. 내심 누가 끝내주길 바랐는지도 모르지. 그녀의 나이는 이제 스물여덟 살이었다.

어느새 샤워를 마치고 돌아온 남편이 세상에서 가장 부드럽게 속삭였다. 우리, 결혼했어요. 소라는 찡그리듯 웃었다. 남편이 고개를 갸웃했다. 울어? 그녀는 연신 고개를 끄덕이더니 이윽고 아이처럼 울음을 터뜨렸고, 네 살 많은 남편은 어린애 달래듯 그녀를 안아주며 가만히 등을 쓸어주었다. 손이 다른 곳을 어루만지자 소라는 신음 소리를 내며 몸을 뒤틀었다. 처음도 아닌데 삽입은 여전히 고통스러웠다. 남편이 위에서 눈을 감은 채 열정을 불태우는 동안 소라는 왼손의 반지를 바라보았다. 조용했는지 남편은 눈을 뜨더니 물었다. 좋아? 얼른 그에게 시선을 돌린 그녀가 대꾸했다. 좋아. 내가 정말 바라던 거였어. 남편은 그녀의 안으로 더욱 파고들었다. 그의 정력은 훌륭했으나 그녀의 질에는 너무 길어 속을 찢을 기세였다. 그는 그걸 몰랐기에 그녀는 외롭고 쓸쓸해지며 앞으로도 왠지 계속 이럴 것 같은 불길한 예감이 들었지만 반지를 보니까 외롭지 않았다. 그래, 물건이라도 사랑해야 살아가겠지. 그 물건 말고 이 물건. 그녀는 실소했다.

만년 말라깽이였던 소라의 몸도 임신 개월이 올라갈수록 왕성한 식욕과 함께 무너지기 시작했다. 5킬로그램이 불자 미니스커트도, 니트 드레스도, 스키니 진도 그녀를 배반했다. 자존심과 같았던 하이힐까지 무게에 삐끗거리자 플랫 슈즈로 갈아타는 수밖에 없었다. 옷장에 빼곡하던 화려한 옷이 수납 상자에 처박히고 빈자리를 종아리까지 오는 면 치마와 무채색 티셔츠, 긴 탱크 탑, 복대 달린 청바지들이 차지했다. 한동안 슬펐지만 오래 슬프지는 않았다. 내 아이가 생긴다니 이상하고도 기뻤다. 또한 아직 그녀에게는 다이아 반지가 있지 않은가. 추레한 옷을 걸치더라도 반지 하나면 패션의 완성이었다. 적어도 그녀는 그렇게 여겼다.

꼼짝하기 싫었지만 집에만 있을 수는 없었다. 남편이 벌어오는 돈으로는 빠듯한 살림이라 출산 전까지는 계속 일하기로 했던 것이다. 결혼한다고 해서 관둬야 하는 것은 아니었지만 전부터 일하던 공항 휴대폰 로밍 센터 직원들은 서른도 넘지 않은 파릇파릇한 여자들뿐이었다. 이 년 일한 그녀가 가장 오래 했는데, 그렇다고 월급이 오르거나 권한이 있는 것도 아니었다. 계약직이라 일을 잘할수록 더 많이 하는 악순환에 시달릴 뿐. 어린것들은 걸핏하면 말없이 관뒀고 예쁜 것들은 골치 아프게 미인계를 쓰며 징징대거나 월차 때도 전화를 해댔다. 대기업의 협력 업체인 센터는 걸핏하면 파업을 해서 출산 예정일 두 달 전이 되자 세 달치 월급이 밀려 있었다. 그녀는 울분에 찬 채 사직서를 냈다.

출산을 앞둔 마지막 달. 소파에 앉아 귤을 까먹으며 아홉 시 뉴스를 보던 소라는 아랫배에 무지근한 아픔을 느꼈다. 임신 후로 전보다 화장실을 가는 횟수가 훨씬 늘었지만 이건 그런 차원이 아니었다. 생리통의 느낌과도 달랐다. 무엇과도 비교할 수 없었다. 그냥 매우 아팠다. 인상을 찌푸리며 만삭의 배를 부여잡자 남편은 괜찮으냐고 물었다. 그녀는 식은땀을 흘리며 아픔이 진정되길 기다린 후 고개를 끄덕였다. 그러다가 천천히 입을 벌리더니 두 눈을 휘둥그레 뜨고는 띄엄띄엄 말했다.

"안, 움직……여."

말뜻을 즉각 알아차린 남편은 그녀의 배를 만지며 말했다.

"안 움직이다니? 다이아가 안 움직인단 말이야?"

다이아는 태명이었다. 그녀가 상의도 없이 통보하듯 그 이름으로 정했을 때 남편은 황당했으나 임신한 그녀가 사랑스러워 흔쾌히 승낙했었다. 소라는 고개를 끄덕였다. 기분 나쁠 정도로 숨 막히는 침묵이 아랫배에 가득 차 있었다. 몸에서 배만 죽은 기분이었다. 불길한 예감에 휩싸인 채 그들은 전부터 미리 예약해두었던 인근의 출산 전문 병원으로 갔다. 반쯤 불이 켜진 일요일 저녁의 병원 로비로 들어서던 그녀가 휘청거리자 남편은 부축해서 함께 걸어갔다.

"유산하셨습니다."

호출되어 온 의사는 전문적이고도 친절하게, 나름의 애도를 담아 말했지만 소라에게는 그 말이 세상에서 가장 냉정하게 들렸다. 사십 대 중반의 여의사는 초음파 사진을 보여주면서 말했다. 이 줄 보이시죠. 탯줄입니다. 아기가 탯줄로 목을 감고 죽었어요. 천명에 한 명 꼴로 일어나는 사고입니다. 소라는 믿을 수 없었다. 이유를 묻는 남편에게 의사가 산모의 스트레스 때문일 가능성이 큽니다, 그것이 배 속의 아기에게 이 세상은 너무도 살기 힘들고 끔찍한 곳이다, 라는 메시지를 전달하기 때문에……라고 대꾸하는 소리를 듣던 소라의 심장이 쿵쿵 뛰었다. 이 여자가 뭐라는 거야.

지금 내 아기가 죽었는데 그게 다 내 탓이라고……? 내가 죽인 거라고! 소라는 정신이 나가는 기분이 들며 의사에게로 달려들었다. 새끼 잃은 어미 호랑이와도 같이 포효한 그녀는 의사의 후덕한 얼굴에 어퍼컷을 날렸는데, 지방만큼 늘어난 근육 때문에 상당한 타격을 주며 의사의 목이 돌아갔다. 기겁한 남편은 아내를 떼놓느라 애를 먹었다. 이제 아내는 키만 작았지 덩치는 자신과 비슷했던 것이다. 그는 처음으로 그녀가 무서워졌다. 고래고래 소리치던 소라는 그의 품 안에서 맥없이 축 늘어졌다.

눈을 떴을 때 소라는 커다란 침대에 홀로 누워 있었다. 침대 옆의 스탠드 불빛에 비친 풍경은 편안한 환경을 조성해 출산 시 정신적 고통을 덜어준다는 광고 문구처럼 여느 가정집과 같이 꾸며져 있었다. 흰색 바탕에 분홍색 꽃이 프린트된 포인트 벽지는 결혼 준비를 하던 시절 자주 드나들던 인테리어 카페에서 많이 본 것이었다. 발치에 엎드린 채 잠들어 있는 남편이 보였다. 그녀는 반사적으로 자신의 배를 만졌다. 무덤처럼 솟아오른 배를. 내 다이아! 그렇게 죽은 채 아직 이곳에……. 너무나 어처구니가 없었다. 어떻게 내게 이런 일이. 멍청하게 천장을 바라보던 그녀는 잠이 들었다.

몇 시간 후, 남편이 조용히 깨웠다. 눈을 뜨니 시부모님, 부모님, 언니 할 것 없이 모두 와서 슬픈 얼굴로 자신을 내려다보고 있었다. 그들은 소라의 손을 잡고 이마를 쓸어주었다. 소라의 눈에서 굵은 눈물방울이 뚝뚝 떨어졌다. 잠시 후 간호사가 와서 수술이 준비되었다고 말했다. 소라는 이동침대로 옮겨져 수술실로 들어가 사산을 했다. 자신도 죽는 게 아닌가 싶을 정도로 힘들었다. 다행히 수술은 무사히 끝났고 그녀는 입원실로 돌아왔다. 수술이 끝나자 기절하듯 잠든 그녀는 새벽녘에 깨어났는데, 사방이 너무 환했기 때문이었다. 얼굴을 찌푸리며 불을 꺼달라고 웅얼거리던 그녀는 아무 대답이 없자 겨우 몸을 일으켰다. 발치에 잠들어 있는 남편이 보였다. 그의 반대편에 빛나는 여자가 서 있었다. 깜짝 놀란 소라는 두 눈을 비볐다. 이 외국인이 왜 여기에? 누구더라? 긴가민가하고 있을 때 빛은 사라지고 그녀가 말했다.

"좀 어때?"

여자의 우수에 찬 눈동자는 충격적으로 아름답게 빛났다. 우아했지만 어쩐지 슬퍼 보이는 얼굴이었다. 한국말을 하네. 소라는 황당해하면서 배를 어루만졌다. 비어 있다는 것이 느껴졌다. 꿈이 아니구나. 그녀는 쓸쓸하게 말했다.

"괜찮아요. 오늘 유산했거든요. 어쨌든 고마워요. 미스⋯⋯."

여자는 기품 있게 고개를 한쪽으로 기울였다.

"켈리라고 불러."

그제야 소라는 맞다! 하고 외쳤다. 그레이스 켈리! 왜 바로 기억나지 않았을까. 반지를 살 때 카탈로그에도 나와 있었는데. 소라는 쑥스러워하며 켈리, 라고 부른 다음 말을 이었다.

"사실은 두려워요. 또 이런 경험을 할까 봐. 다시는 아이를 가질 수 없을 거예요."

켈리가 말했다.

"그걸 어떻게 알아?"

소라는 그야…… 하다가 켈리에게 말했다.

"내가 왜 당신하고 이야기를 하죠?"

켈리가 말했다.

"아기를 잃고 슬프고 외로워서겠지. 결혼을 했다고 해서 외로움이 사라지는 건 아니라는 걸 알고 있잖아."

소라는 양미간을 찌푸리고는 팔짱을 꼈다.

"하지만 당신은 죽지 않았나요?"

켈리가 말했다.

"몸은 죽어도 정신은 남지. 과거에 집착하면 현재를 볼 수 없어. 앞으로는 현재만을 생각하면서 살도록 해. 미래도 기다리지 마. 모든 기다림과 희망을 버릴 때 진정한 광채를 볼 수 있을 거야. 그게 바로 영원이야."

현재를 즐기란 건가요, 하고 중얼거린 소라는 퉁퉁 부은 두 손을 내려다보았다. 다이아 반지가 유난히 반짝 빛났다.

"퇴원하면⋯⋯."

그녀는 두 눈을 깜빡였다. 켈리는 사라지고 없었다. 병실은 다시 어두웠고 남편은 여전히 새근새근 잠들어 있었다.

유산 후 소라에게는 기묘한 버릇이 두 가지 생겼는데, 첫 번째는 혼잣말을 하게 된 것이었다. 그녀는 방을 닦다가도 어제 닦았는데도 먼지가 많네요, 라고 중얼거리거나 밥을 먹으면서도 싱싱하죠? 하고 말하고는 했다. 남들 눈에 그렇게 보였지만 소라는 정말 상대방에게 말을 건네는 것이었는데 그 사람은 그레이스 켈리였다. 처음 본 날 이후로 켈리는 수시로 소라를 위로하며 변함없는 사랑과 응원을 보냈다. 사람들과 있을 때는 현명하게도 입을 다물었다. 논리적으로 설명하기 힘들지만 소라는 켈리가 다이아 반지의 현신이라는 것을 깨달을 수 있었다.

이런 소라를 염려스러운 눈으로 쳐다보는 사람이 있었으니 한 지붕 아래서 매일 마주치는 남편이었다. 산후조리원에서 퇴원한 이후 붓기도 가라앉고 혈색은 점점 좋아지는 듯했지만 날이 갈수록 반지에게 혼잣말을 하는 일이 잦아지자 그는 걱정이 되었다. 아무래도 전문가와 상담해보는 것이 나을 것 같았다. 때문에 어느 일요일 늦은 점심때 조심스럽게 정신과 진료를 권했지만 그녀는 눈을 동그랗게 뜨더니 대뜸 반지에게 이렇게 말하는 것이 아닌가.

"어머나, 켈리. 저이가 말하는 것 좀 봐요. 나보고 정신과에 가라니. 저 이제 많이 좋아졌잖아요. 이게 다 켈리 덕분이에요. 당신이 없었더라면 어떻게 견뎠을지."

빙긋 웃으며 사랑스럽게 반지를 쓰다듬은 소라가 말했다.

"그래요. 배고프니까 뭐 좀 먹어요. 쓸데없는 소리는 관두고."

남편도 어쨌든 식탁에 앉았다. 소라는 싱크대에 서서 딸기와 참다래, 천혜향 같은 과일과 청상추와 오이를 씻기 시작했다. 요즘 그녀는 생과일과 채소, 생견과류 같은 것만 먹었다. 이것이 그녀의 새로 생긴 두 번째 버릇이었다. 조리하거나 가공한 식품은 역하다면서 입도 대지 않고 심지어 밥도 생쌀을 씹었다. 남편의 식사도 차리지 않아, 그는 외식하거나 과일 몇 개로 때우는 수밖에 없었다. 처음엔 이해하려 했는데 더 이상 참을 수 없었다. 오늘도 그런 것을 내놓으면 기필코 밥상을 엎고 말리라. 어제의 과음으로 입안이 바싹 마른 그는 물을 한 잔 마시고는 배를 만지며 말했다.

"속 쓰려. 간만에 감자탕 먹었으면 하는데. 돼지 등뼈 있지?"

씻은 과일이 담긴 소쿠리를 식탁 가운데 얹은 소라는 고개를 끄덕이더니 냉동실에서 비닐에 든 고기를 꺼냈다. 이제 손질을 시작하면 꽤 걸리겠군, 하고는 소파로 가서 TV를 보던 그에게 그녀는 준비가 다 되었다며 불렀다. 이렇게나 빨리? 감자탕 냄새도 안 나는데. 식탁을 본 그는 경악했다. 그의 자리에 놓인 접시에 하얀 냉기가 올라오는 냉동 돼지 등뼈와 찻숟가락, 껍질도 벗기지 않고 씻기만 한 생감자가 놓여 있었던 것이다. 기막혀하는 그의 앞에 앉은 소라는 참다래를 하나 집어 껍질째로 먹으며 말했다.

"저이는 오늘 단백질이 먹고 싶은가 보네요."

반지에게 다정한 말을 건네면서 웃는 것을 보고 어처구니가 없어진 그는 등뼈와 감자를 번갈아 보면서 말했다.

"이걸 대체 어떻게 먹으란 거지?"

소라는 의아하다는 듯 쳐다보더니 등뼈를 들어 가운데 박힌 골수를 딸기 아이스크림이라도 된다는 듯 찻숟가락으로 한 스푼 떠서 입에 넣고는 말했다.

"이렇게 먹으면 되잖아. 감자는……."

그녀가 생감자를 집어 드는 모습을 보며 뒤로 물러난 그는 접시를 뒤엎었다. 요란한 소리가 나는 가운데 그가 외쳤다.

"다, 당신 정말 미친 거 아냐! 도대체 왜 이래!"

그녀는 조용히 대꾸했다.

"살아 있는 음식을 먹고 싶어서 그래. 요리를 하면 죽은 음식이 되잖아. 그 냄새도 맛도 구역질 나. 음식 시체가 내 배 속에 들어가는 게 싫어."

남편은 하, 하더니 체머리를 흔들었다.

"음식 시체라니…… 그것 참 구역질 나는군그래. 당신 모습을 한번 봐. 밖에 나가서 누구든 잡고 물어보라고. 안 이상하다고 하는가. 침팬지처럼 날것만 먹질 않나, 그깟 액세서리한테 이름까지 붙이고는 말을 걸질 않나…….”

골수를 오물거리던 소라는 음식물을 삼키더니 말했다.

“방금 그. 깟. 액. 세. 서. 리. 라고 했어?”

그녀가 무심히 쳐다보았기 때문에 그는 순간적으로 오싹함을 느꼈지만 물러서지는 않았다. 그가 말했다.

“해, 했다. 그깟 거라고 했다. 왜? 틀렸어? 아무리 비싸야 물건밖에 더 돼? 사람인 나보다 낫냐는 말이야.”

소라는 대꾸했다.

“훨씬 나아.”

남편이 뭐어! 하고 경악한 표정을 짓자 소라가 말했다.

“내가 사산하고 깨어났을 때, 당신이 제일 처음 한 말, 기억해? 힘들지 이런 말을 기대한 건 아냐. 할 말이 없다면 가만히 손을 잡아줄 수도 있는 거잖아. 근데 굳이 하는 말이 태명을 잘못 지어서 죽었다고? 다이가 영어로 죽음이라서 그런 거라고. 하.”

처음으로 유산에 대한 말을 꺼낸 것이었다. 언젠가 자신의 기분에 대해 그녀가 스스로 말을 해주길 바랐지만 이런 식의 비난조를 원한 것은 아니었다. 남편이 대꾸했다.

“그래, 그랬다. 그럼 내 잘못이야? 내가 잘못한 거냐고!”

소라가 말했다.

"그럼 내 탓이란 건가? 의사랑 똑같군그래. 걱정하고 도와주기는커녕 비판하고 판단하고. 근데, 왜 소리를 지르고 그래?"

남편은 내가 언제 소리를 질렀다 그래! 하고 외치더니 체머리를 흔들며 말했다.

"됐다. 관두자. 소득 없는 대화 그만두자고."

소라가 말했다.

"왜 그만둬? 왜 항상 제멋대로야? 뿐만 아냐. 당신은 한 번도 내 편을 들어준 적이 없어. 자기 말에 조금이라도 토를 달면 무시하거나 소리부터 지르고 보지. 집에 일찍 들어오는 법도 없고, 대부분 지독한 술 냄새를 풍겨. 주말이면 시체처럼 잠만 자지. 그런 당신 곁에서 내가 할 수 있는 일이라고는 식사 준비를 하거나 텔레비전을 보는 것뿐이야."

발끈한 남편은 돼지 등뼈를 주워 들며 이게 식사라고? 하면서 주도권을 잡으려는데 그녀가 식탁을 쾅 치며 외쳤다.

"하지만! 켈리는 항상 나를 응원해주고 기분을 북돋아주지. 자다 일어나도 있는 그대로의 내가 멋지다고 칭찬해주고 함께 재미난 일을 찾고 외출할 때면 자신감이 솟게 해주고…… 내가 얼마나 훌륭한 사람인지 잊지 않게 해줘. 그래서 당신보다 훨씬 낫다고 한 거야."

소라는 찻숟가락을 내려놓고는 그를 똑바로 보더니 검지로 가리키며 말했다.

"액세서리는 당신이야. 친구들에게 자랑하기 위한 남편이란 액세서리. 돈줄일 뿐이라고."

다시 참다래를 집어 든 소라는 담담하게 말했다.

"이해 못하는 바는 아니야. 그 아버지에 그 아들이잖아."

남편은 한 손을 들어 그녀의 따귀를 칠 듯 자세를 취하더니 어휴, 하고는 벌떡 일어나 현관문을 쾅 닫고 나가버렸다. 그대로 날이 새도록 돌아오지 않았다.

그런 나날들이 반복되었다. 서로에 대한 오해. 대화의 부재. 무관심. 버티고 버티다 오 년 후. 그들은 갈라서게 되었다. 명목상으로는 첫아기를 유산하고 다시 아이를 갖지 못해서라고 했지만 남편 입장에서는 아내의 기벽 때문이었다. 반지를 사람보다 좋아하는 건 둘째치고, 요리를 하지 않는다는 것은 도저히 견딜 수가 없었다. 결혼 전 그가 상상했던 것은 따뜻한 가족의 맛과 온기였는데, 이제 불 꺼진 부엌에는 생으로 나뒹구는 음식들과 자기만의 세계에 빠진 한 여자뿐이었다. 소라도 마찬가지였다. 남편과 자신은 우리가 아닌 너와 나, 남남일 뿐이었다. 남하고 불편해서 어떻게 함께 산단 말인가. 그것도 평생을.

이혼 후 소라는 위자료 대신 받은 신혼집인 24평 아파트에서 혼자 지내며 맘대로 살았다. 아침부터 느긋하게 반신욕을 하고 손톱을 다듬거나 공들여서 머리를 매만졌다. 옷은 임신 시절 입던 몇 벌만 행거에 걸려 있었는데 그걸로 충분했다. 켈리는 단순한 것이 가장 세련된 것이라고 힘을 실어주었다. 과일과 채소, 생쌀로 요기한 후 외출해서 버스를 타고 도시를 가로지르거나 영화관에서 아무거나 보거나 도서관에서 손에 잡히는 대로 읽었다. 주로 읽는 것은 추리소설이었는데, 추리를 즐겨서라기보다는 이야기 속의 모든 인물이 죽었거나 곧 죽을 운명이었기 때문이었다.

가끔 바쁘게 돌아다니는 사람들을 부러운 눈초리로 바라보면 켈리가 말했다. 저들도 목적 없이 돌아다닐 뿐이야. 다 이유를 대겠지만 진짜 목적은 모를걸. 반지와 대화하며 걸어가는 그녀를 아무도 이상하게 여기지 않았다. 간혹 쳐다보는 사람들도 핸즈프리로 통화하는 중이겠거니 했다. 대부분 휴대 기기에 코를 박고 얼굴도 들지 않았다. 켈리는 소라에게 대사를 치듯 말했다. 오오, 호두 껍질 속의 제왕들이여!

어두워지면 집으로 돌아왔는데 남편이 가구를 모두 빼간 거실에 새로 산 퀸 사이즈 침대 하나만 놓인 집 안은 24평이라고 믿을 수 없을 정도로 넓었다. 침대에 털썩 드러누운 채 창밖을 스쳐 지나는 헤드라이트 불빛을 보고 있노라면 무섭고 슬퍼졌다. 아기 생각도 종종 했다. 아마 가장 사랑했던 사람일 거야. 태어나지도 못했지만. 여의사가 하던 말도 떠올랐다. 이 세상이 너무도 살기 힘들고 끔찍한 곳이다……라는 메시지. 정말 모두 내 탓이었나. 어느새 훌쩍거리노라면 켈리가 머리를 쓰다듬어 주었다. 괜찮아, 네 탓이 아니야. 그건 사고였어. 과거는 생각하지 마. 소라는 눈물을 닦으면서 중얼거렸다. 그래도 당신이 있어서 다행이에요. 켈리는 고개를 저었다. 그렇지도 않아. 네가 나를 통해 보는 건 뭐냐면…… 소라는 궁금해하며 잠이 들었다.

식비와 공과금을 낼 돈이 떨어지자 소라도 생업 전선으로 돌아가는 수밖에 없었다. 휴대폰 로밍 센터로 돌아갈 수는 없었다. 다른 걸 해보려 했지만 이혼이라는 가장 큰 경력 때문에 어딜 가나 난처해졌다. 절망할 무렵 겨우 잡은 일자리는 서로 국장이라 부르는 부부가 운영하는 작은 사설 우편 취급국이었다. 오십 대 중반의 남자 국장은 지나다 우연히 주부 알바 가능이라는 전단지를 보고 들어간 소라를 한번 훑어보더니 오래 할 사람을 찾는다고 강조한 후 놀라울 정도로 단번에 승낙했다. 이력서도 없이.

다음 날 소라는 이력서를 내고 남자 국장에게 일을 배웠다. 처음으로 외운 것은 엽서와 일반 등기, 빠른 등기의 가격과 국제 등기의 취급 방법이었다. 엽서는 220원부터 25그램 단위로 250원,

270원, 규격 외는 340원…… 일반 등기는 25그램까지 1750원, 1770원, 규외는 1840원…… 남자 국장은 카운터 바로 옆의 컴퓨터 사용법을 알려주었다. 며칠간 지켜보니 익일 특급 등기와 국내 소포가 가장 많았다. 미국과 캐나다, 일본에 보내는 국제 소포도 종종 접수가 들어왔는데 정기적으로 가족에게 보내는 손님도 있었다.

욕심 많은 여자 국장은 구청에 들락거리며 우편물을 받아오는가 하면 일반 우체국에서는 대개 해주지 않는 박스 포장을 해주고 요금이 올라가지 않도록 부피를 줄여주었다. 그 일은 직원의 몫으로, 소라는 박스 포장의 달인처럼 보이는 선배 언니에게 일을 배웠다. 그녀는 초등학생 애 엄마로 차분하고 일 처리가 매끄러웠다. 국장들은 소라에게 언니 칭찬을 하면서 그녀도 금방 배울 거라고, 대학까지 나왔으니 별로 어려운 일도 아닐 거라고 말했다.

일은 별로 어렵지는 않았지만 단조롭고 고되었다. 또 집중도 잘 되지 않았다. 우편물 접수 외에도 무슨 놈의 잡일이 그렇게도 많은지 쉴 틈이 없었다. 손님이 적은 오전에는 여 국장이 시키는 심부름을 해야 했다. 은행 입금이나 약국에서 다이어트 약을 받아오는 일이었다. 그래도 그건 바람도 쐴 수 있고 좋았다. 택배며 단체 우편물들이 쏟아지는 오후에는 정신을 차릴 수가 없었다. 왜 사람들은 죄다 오후에 택배를 부치러 오는지 몰랐다. 겨우 화장실

에 갈 짬이 나 켈리에게 어떻게 좀 해보라고 푸념하면 그녀는 그
저 어깨를 으쓱하고 씩 웃을 뿐이었다. 어쩔 수 없잖아. 소라는 관
둬요, 하며 손사래를 치고 다시 일하러 갔다. 그마저 갈 수 없을
때도 많아서 소라가 힘들어 오만상을 다 찌푸리고 웅얼거리면 여
자 국장은 조련하듯이 옆에서 외쳐댔다. 미소! 말할 땐 크게! 숫
자 크게!

　반달이 지나도록 국제 등기와 소포, 국제 소포 특급은 익숙해지
지가 않았다. 파란 자루인지 녹색 자루인지, 고무줄을 튕겨야 하
는지 플라스틱 밴드로 조여야 하는지도 매번 헷갈렸다. 매일 접수
되는 인근 대부 회사의 대량 우편 발송물에 스티커 우표를 붙이는
것은 쉬웠지만 곧 팔이 아팠다. ○○머니라고 적힌 봉투에 우표를
붙이는 일 자체도 즐겁지 않았다. 일 중 가장 까다로운 것은 마감
직전에 접수되는 근처 은행의 내용증명이었다. 오후 다섯 시 오십
분은 배달 차가 가져갈 우편물과 소포를 꾸리랴 송치증을 뽑으랴
마감 시간에 맞춰 오는 손님들의 등기와 택배까지 접수하랴 미처
버릴 정도로 바쁜 시간이었기에 실수라도 할라치면 여자 국장은
다들 보는 앞에서 초등학생도 너보다 낫다는 둥 소를 길들여 밭을
갈지 하는 둥의 폭언과 머리나 팔을 때리고 꼬집는 등의 폭력을
일삼으며 고함을 질러댔다. 여자 국장의 성격은 보통이 아니었다.
특히 바쁘고 힘들 때일수록 더했다.

한가할 때면 남자 국장이 설교를 했다. 소라는 인생을 잘못 살고 있었고 부모에게 못 배운 것도 많았다. 자기 자식이라면 절대 이렇게 만들지 않았을 거라고도 했다. 접수가 밀린 어느 날, 나머지 우편물을 들고 가니 배달 차가 가져갈 우편물 수레를 먼저 끌고 간 남자 국장은 폐지 줍는 노인과 싸우고 있었다. 둘의 수레가 부딪힌 모양인데 서로 시뻘건 얼굴로 욕을 해대는 꼴이 볼만했다. 말렸으나 둘은 막무가내였다. 일한 지 20일쯤 되자 소라는 선배 언니에게서 지금껏 바뀐 직원이 한둘이 아니란 말을 들었다.

여섯 시가 조금 넘어서 모든 업무가 종료되고 청소 후 날짜 도장의 고무로 된 숫자들을 갈아 끼우고 카운터 뒤 좁은 공간에서 유니폼을 갈아입을라치면, 어느새 다가온 여자 국장은 파운데이션을 덕지덕지 덧바른 납빛 얼굴에 미소를 띠며 소리 지른 거 미안하다. 내가 고혈압이 있어서 욱하는 성격이 있다 등의 변명을 했다. 자기 차로 집까지 데려다주거나 저녁을 사는 등 친절을 베풀기도 했지만 부모뻘인 부부 국장과 함께 타고 가는 차가 편할 리 없었고, 같이 먹는 밥 역시 맛있을 리 없었다. 여 국장은 고혈압이 있다면서 소름끼치게 맵거나 기름진 음식을 좋아했다. 생것과 싱거운 것을 선호하는 소라의 식성과는 완전히 상극이었던 것이다. 그녀는 어서 집으로 돌아가 침대로 기어들어 가고 싶은 생각뿐이었다.

막상 집에 가면 온몸이 쑤시며 잠이 안 왔다. 날이 새도록 업무 스트레스에 대한 한풀이 끝에 자신은 패배자라고, 하찮은 곳에서 하찮은 일을 하는 하찮은 인간이라고 자학했다. 켈리가 직업엔 귀천이 없다고 하자 소라는 팩 쏘아붙이며, 왕비였던 당신이 생활고에 대해 뭘 아냐고 죽어서 속편하겠다고 빈정거렸다. 대답이 없자 소라는 곧 사과했다. 켈리가 말했다.

"그래, 난 죽었어. 하지만 넌 살아 있지. 이제 인정해. 네가 바라는 미래는 오지 않는다는 걸. 나를 똑바로 봐."

소라는 고개를 들어 켈리를 보았다. 켈리는 서서히 빛나며 사라지더니 거대한 다이아몬드로 변했다. 소라는 의아해하며 다이아몬드 안을 들여다보았다. 어두운 가운데 커다란 옥좌에 앉아 있는 여자가 보였다. 머리가 찌부러질 정도로 무거운 금관을 쓴 여자를 본 소라는 구역질을 했다. 희뿌연 보라색으로 부풀어 오른 여자는 너무나 뚱뚱하고 게걸스러우며 추했다. 또한 묘하게 자신을 닮은 모양새였다. 소라는 중얼거렸다. 당신은 혹시…… 난가요? 여자가 대꾸했다. 응, 너야. 네 기다림과 희망을 빨아먹고 사는 또 다른 자신. 여긴 네가 만든 세계야. 소라는 비명을 지르면서 달아났지만 경계는 사라지고 끔찍한 여자는 점점 더 가까워질 뿐이었다. 옥좌에 부딪힌 그녀는 정신을 잃었다. 화들짝 놀라 잠에서 깨어나자 아침이었다. 눈을 비비고 반지를 들여다보았지만 눈부시게 반짝거릴 뿐이었다. 소라는 한숨을 쉬고는 출근 준비를 했다.

　일한 지 두 달 쯤 되자 모든 일을 반자동으로 처리할 수 있게 되었다. 매일 수십 명이 편지와 등기, 소포를 접수하고 돌아갔다. 별별 황당한 축도 다 있었다. 가장 기본인 받는 사람과 보내는 사람의 위치를 바꿔 쓰는 건 애교고 물건을 박스도 없이 그대로 보내달라는 사람, 택배로 이사라도 하는 듯 10킬로그램나 되는 물건을 이고 지고 오는 사람……. 그래도 선웃음을 지었을 뿐 문제는 없었다. 맞으며 배운 보람이 있는지 봉투를 잡기만 해도 무게와 가격이 척, 상자만 봐도 대강 부피가 나왔다. 내용증명? 도장 몇 번 콰콰 찍으면 뭐, 껌이다. 항공 우편이건 EMS건 다 가져와보라지. 접수만 하면 되니까. 일사분란하게 정리해 쓸어 넣은 접수물이 든 박스들을 수레에 담아 송치증과 함께 배달 차에 넘겨주면 업무 끝. 그건 주로 말단인 소라의 일이었다. 그녀는 수레 손잡이를 잡고 길가에 서서 배달 차를 기다리며 어쩌면 이 일도 승무원과 비슷할지도 모른다고 자위했다. 승무원이 인간의 이동을 돕는 거라면, 자신은 우편물의 이동을 돕는 것이다. 우편물들이 목적지에 제대로 도착했는지는 알 수 없었고 그녀 소관도 아니었다. 도착하는 모든 곳이 목적지일지도. 자신처럼.

　여자 국장은 날이 갈수록 친밀하게 굴었다. 딸처럼 구박하고 부렸다. 대가는 100만 원가량의 월급과 도시락, 칭찬 따위였다. 이제 일 못한다고 맞는 일도 없었고 월급은 또박또박 나오니 느긋해졌다. 아들이라는 서른 살 여드름쟁이를 데려와서 어떠냐며 묻기도 했는데 이혼했다는 말에 더 이상 어설프게 엮으려 들지 않았다. 아들 역시 미국에 유학까지 다녀온 몸이라 지금은 백수라도 이런 작은 우편 취급국은 물려받을 생각이 없는 것 같았다. 소라는 물끄러미 바라보며 스스로도 모를 그의 기다림과 희망 속의 세계는 어떨까 생각하다가 문득 정신을 차리고는 자기 일이나 열심히 했다. 이제 잠도 잘 왔다. 손님과 농담을 하기도 했다. 먹는 것에도 까탈 부리지 않고 여 국장이 싸오는 도시락도 배가 부르도록 먹고, 사오는 자신은 살찐다며 먹지도 않는 도넛과 과자도 두 개씩 먹었지만 다람쥐 쳇바퀴 굴리듯 쉴 틈 없이 일했기에 몸은 점점 가벼워졌다.

휴일을 맞은 소라는 오랜만에 목욕탕에 가서 저울에 올라보고는 상당히 놀랐다. 몸무게가 처녀 때로 돌아가 있었다. 금요일에 여 국장이 유니폼을 갈아입는 소라의 뒤태를 연예인 같다 칭찬한 것이 괜한 말이 아니었다. 여 국장은 항상 그녀의 몸매와 옷차림을 체크하며 열심히 다이어트 약을 먹었다. 간혹 컴퓨터에 앉아 있나 싶으면 인터넷으로 백화점 의류 할인 상품들을 둘러보다가 그녀에게 의견을 물었다. 여 국장의 희망 속의 세계에는 아마 영원히 젊고 아름답고 돈도 많은 여자가 들어앉아 있을 것이었다. 소라는 한숨을 쉬었다.

목욕탕은 북새통이었다. 물은 더럽고 하수구에서는 냄새가 났으며, 자리도 없고 애들은 빽빽거리며 뛰어다녔다. 눈치를 살피다 빈자리가 나자 소라는 얼른 목욕 도구를 가져다 자리를 잡았다. 몇 번의 냉온욕 후 자리로 돌아온 소라는 플라스틱 의자에 앉아 불린 때를 밀기 시작했다. 오른손에 파란 때타월을 끼던 그녀는 문득 왼손의 다이아 반지를 보았다. 전보다 헐거워진 반지는 쉽게 손가락에서 빠졌다. 반지를 옮겨 낀 그녀는 때를 밀었다. 한참 밀다가 타월을 다른 손으로 옮겨 끼고 반지도 도로 제자리에 낀 그녀는 발끝까지 말끔하게 때를 밀었다.

샤워기로 온몸을 구석구석 개운하게 씻어내던 그녀는 뭔가 공허감을 느꼈다. 고개를 갸웃하던 그녀는 왼손을 보았다. 다이아 반지가 없었다. 켈리! 눈이 휘둥그레진 그녀는 미친 듯 주변을 살폈다. 거울, 샤워기, 돌로 된 바닥과 도랑 그 어디에도 반지는 보이지 않았다. 그녀는 사방을 가득 메운 사람들을 잡아먹을 듯 노려보았다. 가장 먼저 노려본 것은 왼쪽에 앉은 등에 부황 자국이 있는 살집 좋은 아주머니였다. 그녀는 다짜고짜 다그치듯이 아주머니에게 물었다.

"혹시 켈리, 아니 반지 떨어진 것 못 보셨어요?"

등을 젖힌 채 힘껏 자신의 서혜부를 밀고 있던 아주머니는 아, 반지 하고는 생뚱맞다는 표정으로 못 봤다고 대꾸했다. 혈색 좋고 커다란 얼굴은 의뭉스러웠기에 몇 번이나 묻자 아주머니는 화를 내며 자신의 목욕 바구니와 입구에서 나눠주는 주황색 수건까지 털어 보이고는 몸까지 털며 내가 왜 거짓말을 하겠냐고, 주워도 어디에 숨겼겠냐고 외쳤다. 시커먼 때가 튀자 소라도 정신이 들며 사과를 했다.

이제 그녀는 자신의 오른쪽에 앉은 아기 엄마와 유아 욕조에서 아기 샴푸를 들고 장난치는 이제 갓 두 돌쯤 된 아기에게 의심의 눈초리를 돌렸다. 같은 질문을 하자 아이 엄마는 본 적 없다고 대답하면서 아이를 보느라 여념이 없었다. 소라는 몇 번이나 정말이냐고 물었고, 아이 엄마는 건성으로 그렇다고 대꾸하며 아이의 머리에 노란 캡을 씌운 다음 샴푸를 하기 시작했다. 아무리 물어도 대충이었다.

포기한 소라는 뒷자리의 할머니, 아가씨, 스님에게도 물었지만 대답은 한결같았다. 눈에 그렁그렁 눈물이 고인 채로 도랑과 하수구를 보았지만 거기에는 고약한 냄새뿐 어떤 광채도 없었다. 그녀는 미끌미끌한 욕탕 바닥에 쓰러지듯 쪼그려 앉은 채 말 그대로 애처럼 엉엉 울었다. 끝이다, 끝. 아무리 추하더라도 끝까지 놓을 수 없었던 마지막 희망까지 모두 사라지고 만 것이었다…….

한 시간이 넘는 욕탕 수색 끝에 씻는 둥 마는 둥 한 소라는 슬픔으로 비틀거리면서 밖으로 나왔다. 머리가 아프고 구역질이 나며 추웠다. 앞으로도 계속될 삶을 견딜 수 없을 것 같아 다리가 후들거렸다. 온통 젖은 채로 발을 내딛자 청소부 아주머니가 밀대 걸레를 들고 달려왔다. 나무 평상에 앉아 있던 한 아주머니가 입구에서 나눠주는 수건에서 남자 정액 냄새가 난다고 하자 둘러앉은 아주머니 셋 모두가 락스 냄새지 어떻게 그렇게 되냐, 변태냐 하고 입을 모아 비난하는 소리를 들으며 사물함 문을 연 그녀는 몇 번이나 옷을 입으려다 청바지를 바라보았다. 어떻게 입는지 기억나지 않았다. 몇 번이나 시도한 끝에 겨우 옷을 입은 소라는 매점 아주머니에게 반지를 찾으면 연락해달라고 번호를 남겼지만 전화는 오지 않았다.

자동기계처럼 우편 취급국과 집을 오가던 여름 아침이었다. 소라는 횡단보도에 서서 무심히 길 건너편에 있는 약국과 빌딩들, 노점들과 대부 회사를 보았다. 이 시간과 거리의 풍경이 그대로 느껴지던 짧은 순간, 그녀는 눈을 가늘게 떴다. 세상의 모든 것이 은은하게 빛나고 있었다. 그 빛은 건물이나 사물에서 오는 것이 아니었다. 사람들에게서 오는 것도 아니었다. 시간에서 오는 것이었다. 이 현재라는 시간의 빛. 그녀는 숨을 들이쉬었다. 혹시 이것이 켈리가 말하던 광채인가. 기다림과 희망을 모두 버렸을 때 볼 수 있다던 영원. 불이 바뀌자 건너는 사람들 틈에서 못 박힌 듯 서 있던 소라는 정신이 들었다. 지금 이러고 있을 때가 아니었다. 그녀는 달렸다. 취급국이 있는 빌딩을 지나쳐 달렸다. 계속 달렸다. 계속, 계속.

무지갯빛 비누 거품

핑

나를 뭐라고 불러도 좋다. 바람난 고등학생. 엉덩이에 뿔난 송아지. 노는 고양이. 불을 쫓는 밤의 나방. 그러나 내가 아는 것은 단 한 가지. 태어난 이상 미친 듯이 춤추어야 하고, 괴성을 지르며 깡충깡충 뛰어야 하고, 벼락 치는 낭떠러지에서라도 떨어질 듯 과도한 에너지로 늘 활활 타올라야 한다는 것이다. 더 이상 타오를 수 없어 증발해버릴 때까지.

어릴 때 가장 감명 깊게 읽은 동화는 『분홍 구두』였다. 분홍 구두에 대한 열망으로 매일매일 신발장 속에서 애처롭게도 반짝이는 구두를 반짝이는 눈동자로 바라보던 아름다운 소녀. 그 미칠 듯 타오르는 갈망. 지옥의 불같은 갈망. 끝내 그녀는 분홍 구두를 신고, 오랫동안 괴롭혀오던 갈망만큼 악마처럼 미친 듯이 춤을 추고, 뒤의 이야기는 기억나지 않는다. 분홍 구두에는 왠지 다른 동화들처럼 '……그 후로 소녀는 행복하게 살았습니다'라는 끝이 어울리지 않는다. 소녀는 절대로 행복할 수 없을 테니까. 하루하루 그날, 미친 듯이 춤을 추던 그날의 기억들만을 계속해서 되돌리고 또 되돌리며 하루하루 죽어갈 테니까. 차라리 도끼로 머리를 장작 패듯 쪼개버리는 것이 좋았으리라.

"차라리 죽어버렸으면 좋겠어."

검은 단화의 코끝을 시멘트 바닥에 비벼대며, 준은 예쁜 입술에 불이 깜빡이는 말보로를 끼운 채 중얼거렸다. 준. 눈부신 6월의 아이. 그러나 여름은 언제나 멀고, 봄날은 너무 지루하게 간다. 그래서 계절의 아이들이 각기 계절을 골라 자신의 이름을 가졌을 때 나는 준과는 최대한 가깝지만 아직 한껏 봄인 5월을 택했던 것이다. 흐드러진 꽃의 진물이 흐르는 눈물 나게 아름다운 봄. 진물의 여왕. 내 이름은 메이다.

"방금 한 말 진심이니?"

"물론 진심이지."

"정말 죽어버렸으면 좋겠어?"

"물론이지. 물론 나 말고 그년이."

우리는 말보로를 한 모금 삼키며 키득거렸다. 그때 야간 자율 학습 시작을 알리는 종이 사방에 담뱃재처럼 흩어졌다. 준은 아직도 불이 붙은 꽁초를 화단에 휙 던져버렸고 나도 그렇게 했다. 불이나 나버렸으면 좋겠다. 그러나 말보로 꽁초 두 개로는 아무것도 할 수 없겠지. 부싯돌보다도 못해. 그래서 우리는 조용히 있어야 한다. 숨 막히는 야간 자율 학습의 공기에 잔뜩 질식한 채. 창백한 얼굴로 도둑처럼 지나가는 시간을 말없이 노려보며. 아이들의 펜이 사각사각 구르며 마녀 같은 선생들이 떠다니는 어둠 속에서 언제나 조용히. 마지막 시간을 위해 부디 오늘도 축복을.

어제의 피곤으로 잠 속에서 몇 개의 소우주를 지났을 무렵, 지구에 묶인 내 발의 끈을 잡아당기는 소리를 들었다. 야간 자율 학습의 끝을 알리는 종. 해방이었다. 나는 길게 기지개를 켜고 가방을 챙기는 아이들의 발 구르는 소리와 펜이 구르는 소리, 걸상이 당겨지고 책상이 밀려나는 소리, 지우개 가루가 바닥에 떨어지고 유리창이 끼익하는 소리까지 빠짐없이 모두 들으며 서서히 차오르는 희열을 느끼고 있었다. 이제 숨 쉴 수 있는 것이다. 나는 천천히 먼지가 부유하는 공기를 머리끝까지 들이마셨다. 마침내 대부분의 아이들이 무거운 한숨과 시든 열정을 의자에 얹어두고 집으로 돌아가자 꿈처럼 준이 찾아왔다. 렛츠 고, 베이비.

"어우, 쌍년."

준은 말보로를 어두운 골목으로 던져버리고 일본 도자기 고양이 같은 미소를 얼굴에 띠었다. 앞발도 한 짝 살포시 들었을까? 설마. 교문 입구에는 '그년'의 벤츠가 달빛을 받아 검게 빛나고 있었다. 퇴락한 성에 사는 여배우가 벤츠에서 화려한 드레스를 끌며 내리자, 고양이는 앞발을 힘차게 내딛더니 레오처럼 달려 단숨에 그녀의 품 안에 찰싹 안겼다. 아아. 언제 봐도 감동스러운 모녀 상봉의 현장이야. 남북문제에 대해서 어떻게 생각하십니까? 통일은요? 나는 번쩍이는 플래시가 터지는 구식 카메라를 들고 그들의 눈물을 찍어대며 시니컬한 눈빛으로 역시 피는 못 속인다는 것을 확인하고 있었다. 그때 여배우는 10캐럿도 더 될 것 같은 다이아몬드 눈물방울을 날리며 그제야 정신이 든다는 듯 준의 어머니로 돌아갔다. 그녀는 복 고양이를 안고 벤츠에 오르며 달콤하게 속삭였다.

"너도 어서 타렴."

그들에게 질세라 나도 얼른 준비해두었던 '천사 같은 웨이트리스 1'에 어울리는 미소를 지었다. 그녀는 만족했고, 우리는 여배우의 쇠락하고도 몹시 아름다운 궁전을 향해 어둠 속을 마냥 달려갔다. 들어오기가 무섭게 다시 붉은 드레스를 입고 바람과 함께 사라져버리는 어머니의 뒤꽁무니를 보며 끝없는 대리석 계단에 첫 발을 내딛던 준이 조용히 내뱉었다.

"저년, 또 바람피우러 가는 걸 거야."

"누구랑?"

"몰라. 요즘 맡은 사이코드라마에는 젊은 녀석들이 많다나 봐. 그럼 그렇지. 왜 아니겠어. 아주 그냥 신이 나셨지."

우리는 가방을 던지고 초라한 방들과 거실을 지나, 정말 이 하나만큼은 궁전이라고 해도 좋을, 준 어머니의 사진들이 잔뜩 걸려 있는 화려한 분장실로 들어갔다. 강렬한 탤컴파우더의 냄새와 사향이 든 향수, 반짝이는 보랏빛의 천들과 비로드, 은빛의 비단으로 된 수백 벌의 무대의상들, 온갖 가발들과 하이힐들, 이리저리 나뒹굴고 있는 포도주와 샴페인 병에서 나오는 달콤한 알코올의 향기. 내가 샴페인 병에 걸려 넘어질 듯 비틀거리자, 집에서 한잔하고 무대에 올라가면 신기가 들린다나 어쩐다나— 하고 준은 중얼거리며 교복을 훌훌 벗어던지고 섬세한 발에 핫핑크 나일론 스타킹 한 짝을 넣고는 길고 가느다란 다리 위로 재빨리 끌어 올리고 있었다. 그녀는 이제 가터벨트를 차고 있었다. 나도 우물쭈물할 때가 아니었다. 어서, 어서, 빨리, 빨리, 피가 점점 더 끓어오른다. 이 피가 화산처럼 터지기 전에 어서, 어서, 어서 '핑'으로 가야만 해.

우리는 은빛의 구불구불하고 정신없이 흐트러진 긴 머리 가발을 쓰고, 그 위에 반짝이는 비즈 무늬의 나비 코르사주를 달고, 하얀 모피와 분홍 보라의 미니 드레스를 입고 핑크와 노랑 나일론 스타킹을 신은 채 미친 듯이 웃으며 어두운 거리로 달려 나왔다. 찌를 듯 높은 부츠와 구두를 신고서. 자. 오늘은 너희들이 우리의 분홍 구두가 되어라. 어두운 거리에 반짝이는 네온사인의 입자들이 하나둘씩 퍼져나가기 시작했다. 계절의 아이들이 모이는 시간이었다. 이 시간, 밤 열한 시, 네온사인의 거리에서 나방처럼 흐느적거리노라면 언제나 이런 시가 생각나고는 한다. 열두 개의 달이 미친 듯이 춤추며 웃으며 질주하오…… 길은 막다른 곳이 적당하오. 막다른 곳이 적당하오. 막다른 곳이 적당하오…… 그곳은 바로 클럽 핑이오. 핑.

　신나게 달려간 병약한 얼굴의 에이프릴이 핑의 별 모양 문을 열자 마치 무덤 속에서 울리는 듯 거대한 밤의 박동 소리가 들렸다. 밤은 죽어가고 우리는 그 마지막 숨통을 부여잡고 노래를 들려달라고 애원한다. 할로겐 불빛이 하나둘씩 반짝이며 어둠 속을 스쳐 지나가고 우리는 마침내 핑 행성에 도달했다. 주위는 온통 트랜스 음악, 심장의 박동 같은, 믹싱된 재즈와 샹송, 농농 트레비앙, 트럼펫, 클래식 음악으로 가득 찬 꽃 같은 열두 달을 마구 헝클어뜨렸다. 아이들은 모두 흔들고 괴성을 지르고 서로에게 몸을 비벼대며 뾰족한 혹은 뭉툭한 높은 혹은 낮은 구두가 다 닳도록, 바닥이

땀의 마그마로 미끄러져 수영을 해도 될 때까지, 죽을 때까지, 머릿속의 축제가 끝나지 않을 때까지 계속했다. 계속해서 춤을 추었다. 우리는 성모마리아의 아이들이었다.

"한 바퀴 핑 돌아보아요. 머리가 핑 돌지요. 내 눈엔 별이 핑 돌고, 네 눈엔 눈물이 핑 돌아요. 그들의 얼굴에는 기름기가 핑 하고 돌지요."

머리끝의 별이 가득한 화산이 폭발할 무렵이면, 언제나 용암이 흐르는 소리와 함께 이런 노래가 들려온다. 나는 점점 가라앉듯 음악에 잠기는 몸을 느끼며 용암이 흐르는 것을 구경했다. 말 못 할 정도로 끔찍하게 뜨거운 용암 줄기. 너는 어떻게 하루 종일 이런 것을 속에 품고 살 수가 있었니? 별들이 화산에게 물음표를 던졌다. 물음표들은 다시 하늘로 올라가 별이 된다. 그 모든 것이 반복되고, 여전히 용암은 무섭고 느리게 검게 죽은 산 표면을 따라 흐르고, 눈에는 별이 반짝반짝. 나는 악마에게 속삭였다. 이것이 저의 하루 일과입니다. 어디 한번 제 다리를 잘라보십시오. 끝까지 춤추며 도망갈 겁니다. 세계와 우주의 끝까지. 오로라와 세포막의 끝까지. 끝과 끝까지. 악마는 용암에 빠지고, 나는 웃는다. 여전히 분홍 구두를 신은 채 격렬하게 춤을 추며 통렬하게 웃는다. 오! 나의 사랑스러운 준, 너는 하루에도 83500번씩 내 머릿속에서 핑글핑글 도는구나. 주위에는 어느새 무지갯빛의 향긋한 비누 거품이 떠다니고 있다.

눈을 뜨자, 준은 새 레코드를 걸고 있는 킹에게 다가가 수작을 걸고 있다. 우리가 장난삼아 마틴 루터 킹이라고 이름 붙인 레게 파마의 디제이다. 말리부 출신의 그는 언제나 우리에게 찡긋 윙크 하며 두 유 노 밥 말리?라고 물었다. 그 모습이 하도 도전적이고 유쾌해서 언제나 우울한 2월의 아이 펩조차 순식간에 마틴 루터 킹을 외쳤고, 그는 밥 말리에서 킹이 되었다. 이봐, 배를 곯며 무지개 위에서 노래를 부르는 것보다 때로는 팔뚝만 한 시가를 피우며 테이블에 앉아 트럼프의 킹을 잡는 것이 훨씬 유쾌할 때도 있다네. 그리고 준은 나의 퀸이었다. 그녀의 머리에 달린 비즈로 된 나비가 날아갈 듯 파르르 떨리는 것이 보였다. 준은 기분 좋게 웃고 있었다. 6월의 오후. 나른한 웃음. 여름을 기다리는 갈망의 웃음. 그때 온몸에 찌릿찌릿함이 느껴졌고, 준 역시 나와 정면으로 눈이 마주쳤다. 견딜 수 없이 오줌이 마려웠다. 불나방들의 날개들을 헤치고 아쿠아리움처럼 어둡고 물이 가득 차 고래가 머리에 쓰는 손전등을 팔에 끼고 볼일을 보고 있던 남녀 공용 화장실에 들어가자, 준 역시 먼저 들어와 수달 옆에서 머리에 반짝이는 불가사리를 달고 남자 변기 속에 앉아 있었다. 우리는 길고 깊은 심해의 키스를 나누었다. 씁쓸한 오줌 맛이었다. 질척거리며 얽힌 혀를 간신히 빼내자, 어느새 다시 네온사인의 골목이었다. 잠시 사랑에 빠져 있던 사이, 모두 끝나버린 거야? 거리에는 춥고 어두운 바람이 불었다.

나는 흐느꼈다. 아직 나의 분홍 신은 만족하지 못했어. 그녀는 83500번도 더 돌 수 있는데 아무도 이해하지 못해. 아무도 기다려주지 않아. 나는 끔찍한 절망감에 가득 차 있다고 생각했는데 어느새 노래를 흥얼거리고 있었다.

"한 바퀴 핑 돌아보아요. 머리가 핑 돌지요. 내 눈엔 별이 핑 돌고, 네 눈엔 눈물이 핑 돌아요. 그들의 얼굴에는 기름기가 핑 하고 돌지요."

내 길고 창백한, 땀에 젖은 끈끈한 팔다리는 어느새 거미줄을 치는 꾀 많은 거미처럼 찬찬히 주위를 더듬으며 음표들을 찾고 있었고 그것은 춤이 되었다. 거리에서 바람을 맞으며 하나씩 날려가던 열한 명의 아이들은 춤의 끈을 잡고 이어지는 춤을 추기 시작했다. 그것은 이른바 핑글핑글 댄스였다. 계절의 아이들이 모두 모여야만 출 수 있는 춤. 우리가 매일 밤 추는 춤. 리듬 속에 사계절이 시들고 다시 피어났다. 온몸에서 열꽃이 피어났다. 라임 속에 시가 솟구쳤다. 세포 속의 피가 솟구쳤다. 한 달이 춘 동작을 다음 달이 그대로 반복했다. 그리고 처음은 언제나 봄의 여왕, 계절의 여왕의 동생, 죽고 싶은 4월을 지나 5월인 메이, 진물의 여왕으로부터 시작되었다. 온 우주를 통틀어 단 하나뿐인 분홍 구두의 여왕. 그녀는 준과 사랑에 빠져 있다. 사랑으로 가득 찬 은하수.

이윽고 싸늘한 새벽이 왔다.

와핑

몰래 들어온다는 것이 어느새 아버지의 완강한 배에 부딪히고 말자, 나는 놀라 울음을 터뜨렸다. 부디 정신을 가다듬자. 준의 어머니를 생각하자. 그녀의 우아한 웃음 속에 떠오른 성냥팔이 소녀, 신데렐라, 학대받는 어린 소녀의 이미지. 나는 그 이미지 그대로 괴로움과 눈물을 가득 담은 표정으로 무릎을 꿇은 채 털북숭이 아버지를 올려다보았다. 이런. 도대체 어디가 끝인 거야. 제크와 함께 콩나무를 타고 올라가서 경치를 보며 땀을 닦을 무렵 드디어 구름 속 화난 아버지의 얼굴이 보였다. 붉게 달아오른, 달걀이 음습하고 눅눅한, 자신의 욕망에 솔직하지 못한 모습. 그는 내 교복 블라우스가 뜯어지도록 멱살을 잡고 뺨을 갈겼다.

"죽은 니 애미가 기뻐하겠구나. 화냥년."

네. 마음껏 모욕하세요. 그녀와 똑같이 되어 보임으로써 당신을 실컷 조롱하고 비웃어주겠어요. 피핑톰의 시야는 언제나 좁은 커튼 틈을 벗어나지 못하죠. 그러나 에미, 아니 에밀리랬나요? 에밀리는 그 좁은 틈 속의 우주에서 분홍 구두를 신고 미친 듯이 당신 따위는 상관없다는 듯 언제나 춤을 출 거예요. 영원히 당신을 비웃듯 무시하면서 말이죠. 도끼를 들고 숲속으로 들어간 피핑톰은 아버지가 아니었던가요. 잘했어요. 그녀의 다리가 아니라 머리통을 장작 패듯 깨버린 것은 아주 잘했어요. 덕분에 그녀는 당신에게 증오조차 갖지 못했으니까요. 나는 분홍 구두를 신은 고다이버 부인이 되겠어요. 에밀리가 되겠어요. 그런데 에밀리가 대체 누구죠, 혹시 나를 낳고 죽은 어머니 이름인가요? 애칭은 에미?

아아, 오늘은 아침부터 더럽게도 운이 없구나. 나는 욕실에 들어가 온몸의 땀을 물로 씻어내고 잠시 죽음 같은 잠을 잤다. 아니, 자려고 했다. 그러나 죽음은 결단코 유리로 되어 있는 것이다. 그 섬세한 신경은 조금만 건드려도 와장창 깨져버린다. 산산조각 난 것에 온통 찔릴 각오를 하면서도 죽으려 하는 자는 어리석도다. 나는 다시 교복을 입고 집에서 빠져나와 학교로 갔다. 흐느적대며 간신히 교실에 들어가 책상에 쓰러졌다가 눈을 떴을 때, 마치 사막의 신기루처럼 준이 커다랗고 공허한 눈을 깜빡이며 내 눈동자를 들여다보고 있었다. 그것을 위안 삼아 다시 눈을 감고 몇 개의 은하를 지나 돌아왔을 때, 막 저녁 시간의 종소리가 모래 알갱이처럼 사방에 흩어졌다. 입안이 깔깔했다. 어린왕자에게 여우가 다가왔다. 여우는 분홍 구두를 신었다. 잘못 본 것일까. 나는 눈을 비비고 다시 보았다. 준이었다. 분홍 구두를 신은 준.

"참 잘도 자더구나. 하루 종일. 나가자."

창백한 얼굴의 준은 긴 속눈썹을 깜빡이며 아이들이 버글거리는 화단의 나무 그림자에 몰래 숨어 말보로를 피운다. 그녀의 앞에 서서 담배 연기를 그대로 맡으며 나는 바닥만 바라보았다. 분명히 분홍색 구두야.

"너 신발이 왜 그래?"

"아, 응. 오늘 그년이 연극 중에 여학생 구두가 필요하다며 소품으로 신발을 가져갔거든. 약간 갈색이긴 해도 무난하잖아. 학생주임도 뭐라고 안 하던걸."

"내 말은…."

갑자기 화가 나려고 했다. 준의 구두는 분명히 분홍색이었다. 화를 꾹꾹 누르며 말하자 목소리가 아주 낮고 허스키해져서, 마치 내 목소리가 아닌 듯 했다.

"네 구두가 왜 분.홍.색.이냔 말이야."

"뭐라구?"

준은 어이가 없다는 듯 웃음을 터뜨렸다. 그녀는 언제나 어이가 없거나 화가 날 때 웃음을 터뜨렸다. 나는 준의 웃음을 싫어했다. 하지만 그녀는 담배마저 던진 채 계속 깔깔대며 조롱했고, 나는 몹시 분한 채로 그녀의 분홍빛 입술에 거칠게 키스를 했다.

"너 미쳤니? 여긴 학교야!"

준은 스칼렛처럼 따귀를 때렸고, 레트 버틀러는 뺨이 레드가 된 채로 고개가 돌아가 가로등이 반짝이는 어두운 운동장을 어슬렁거리는 수많은 여자애들의 모습을 보게 되었다. 눈물이 고인 ―준이 나를 때리다니, 이 오만한 레트를!― 눈으로 주변을 둘러보는데, 어두운 운동장에는 마치 새해 점등식처럼 분홍색 불빛이 하나 둘씩 켜지고 있었다. 나는 눈물을 닦고 주변을 둘러보았다. 오, 저기 한 소녀가 분홍 구두를 신고 걸어가는군. 이제 그 옆 소녀가 분홍 하이힐을 신고 노래를 흥얼거리고 있어. 아니, 저쪽에는 분홍 부츠의 소녀가 친구와 커피를 마시고 있군. 운동장에는 속속들이 분홍 구두가 나타났고, 마침내 모든 아이들이 분홍 구두를 신고 있었다. 아찔했다. 내가 분홍 구두인 줄 알았는데 사실 모두 다? 나만 몰랐던 거야? 그런 거였어.

우주적인 혼란에 휩싸여 있을 때 언제나 나를 구원해주는, 이번에도 마찬가지로 마치 복음이 퍼지는 것 같은 야간 자율 학습의 시작을 알리는 종이 울렸을 때, 나는 기다렸다는 듯이 잠복하고 있었던 정말로 커다란 혼란의 소용돌이에 휘말려야 했다. 그것은 정말 광기의 캉캉 춤이었다. 하나하나 온통 그 속에 카오스의 우주를 담고 있는 수많은 무희들의 발작적인 캉캉 춤. 물랭루주에 오신 것을 환영합니다. 여러분. 그러면 지금부터 약 일 분간 벌어지는 여성무한복식포복절도캉캉댄스를 관람하시겠습니다. 부디 기절하는 시간이 되시길. 빨강 머리의 포주 로자가 코끼리처럼 긴 코를 불며 휘황찬란한 비단 커튼을 걷었다. 운동장의 소녀들은 일제히 하나의 문을 향해 미친 듯이 달리듯 춤추기 시작했다. 분홍 구두 떼들이 몰려오고 있었다. 제각기 광란의 춤을 추며, 어두운 화단 바로 위의 현관 계단으로. 구두들은 달려와 나를 뛰어넘고, 단 하나뿐이라고 믿었던 내 존재의 실재적 이유를 뛰어넘고, 정신을 뛰어넘고, 우주를 뛰어넘는 바람에 나는 한 일 분 동안 온 정신을 놓고 간질 환자처럼 차가운 운동장 시멘트 바닥에 몸을 떨고 누워 있어야 했다. 준은 끝없이 종알종알 대었다. 제발 정신 차려. 여기는 학교야. 학교라니까!

나는 속으로 외쳤다. 제발 정신 차려. 분홍 구두는 나야. 나라니까! 그날 어둡고 우울한, 모두가 길을 잃어버린 그 숲속에서, 비오는 에밀리의 묘지 앞에서 나는 아름답게 빛나는 분홍 구두를 드디어 발견했다고 음산하게 기뻐했었던 기억이 났다. 그 유리 같은 꿈의 기억. 그런데 내가 분홍 구두가 아니라니. 모두가 사실 분홍 구두였다고! 그 말을 어떻게 믿으란 말이지? 로자는 사기꾼. 구더기 같은 돼지. 너의 물랭루주에 불을 질러버릴 테다. 네 엉덩이를 갈아 햄을 만들어버릴 테다. 요크셔와 햄프셔는 최고의 육질을 보증합니다. 도살 기계를 들고 으르렁대자 로자는 살진 엉덩이를 햄프셔처럼 흔들며 황급히 사라졌고, 마침내 떨림이 멈추고 주위를 둘러보자 차가운 시멘트 바닥에 쓰러진 내 비틀리고 마른 무릎의 맨살에 와 닿는 따뜻한 무릎이 느껴졌다. 오, 나의 준, 우주 속 단 하나의 사랑. 왜 우리는 핑 외에서는 우리의 사랑을 이야기해서는 안 되는 걸까. 우리는 교실로 돌아가야만 했다. 조용하게, 단 한 점의 먼지 같은 오해도 받지 않으려고 각자 손을 공허 속에 떨어 뜨리며 외롭게 흔들면서, 서로 단 하나의 따뜻하고 말랑말랑한 손을 그리워하면서. 모두가 분홍 구두인 지옥 속으로.

그러나 다행히도, 불행히도, 얌전히 사각의 교실 속에 각설탕처럼 소복이 들어찬 아이들의 구두는 어둠 속 고양이 눈동자처럼 검었다. 모두가 그랬다. 준과 헤어져 교실로 들어간 나는 책상 한 편에 양자역학이니, 무한의 원리니, 시의 기하학적 해석이니 도무지 왜 고등학교에서 열입곱 살짜리 소녀에 불과한 아이들이 배워야 하는지 알 수 없는 두꺼운 책들을 잔뜩 쌓아 바리케이드를 치고 다시 우주 여행을 시작했다. 악몽 속의 잠은 왠지 질릴 정도로 달콤하다. 시들어 진물이 흐르는 꽃 덤불 속 준의 키스처럼. 요점은 너무 달콤하다는 것이었다. 너무. 말로만 듣던 엄마의 젖처럼.

종이 울리고 잠에서 깼을 때 나는 온몸에 힘이 쭉 빠져나가는 것을 느꼈다. 그래서 마치 좀비처럼 걸어 나가, 습관적으로 준 어머니의 벤츠를 타자마자 곯아떨어져, 시체처럼 여배우의 분장실까지 옮겨졌다. 일어난 나는 정말 다른 은하계를 여행하고 온 듯 춤추는 것도 잊고, 요란스레 꾸미는 것도 잊고, 그저 소박한 교복 차림으로 호사스러운 호피무늬 침대 위에 아기 고양이처럼 웅크린 채 보잘것없는 팔다리를 잔뜩 움츠리며 준에게 애원하듯 말했다.

"젖과 꿀을 주세요."

아, 그러자 자애로운 우리의 준은, 아무 망설임 없이 부엌으로 가 백 퍼센트 자연산의 벌꿀 한 통을 벌거벗은 자신의 아름다운 두 젖가슴에 온통 뿌리고는 나로 하여금 마음껏 핥게 해주었다. 나는 너무도 황홀해서 사랑이니 행복이니 하는 단어들을 머릿속으로 주워섬길 정신도 없었다. 그 순간. 그 순간이 있을 뿐이었다. 얼굴도 본 적 없는 묘비 위의 내 어머니, 에밀리라는 이름이 떠올랐지만 곧 달콤한 꿀의 향기와 함께 신기루처럼 사라져버리고 말았다. 너무도 달콤한 꿀의 향기와 함께.

다음 날 저녁에 왠지 시무룩한 열두 달의 아이들과 함께 핑에 갔더니, 별 모양으로 반짝이던 문은 시커멓게 그 색이 죽은 채로 굳게 닫혀 있었다. '내부수리에 의한 영업중단'이라는 딱딱한 세 어절의 문장이 적힌 팻말이 걸린 채로. 무기한 연기. 나는 핑에서만 완전하게 춤을 출 수 있었는데, 준과 사랑할 수 있었는데. 분홍 구두는 이제 어디로 가야 하나. 그렇게 쓸쓸해하던 사이에 학교에서는 진학 상담이 시작되었다.

몰핑

"그러니까, 좀 구체적으로 말해봐."

"전 춤을 추고 싶어요."

"그러니까, 어떤 춤? 고전무용? 현대무용?"

"미친 춤요. 미친 듯이 추는 춤."

아까부터 같은 말을 반복하고 같은 대답을 반복하던 나와 어딘지 모르게 이사도라 덩컨을 닮은 무용 선생인 담임은 마침내 미끄러지는 글씨로 진로란에 '스카프'라고 써 넣었다. 이사도라. 부디 차를 탈 때는 당신의 길고 아름다운 스카프를 주의하길 바랍니다. 미친 바퀴가 나풀거리는 그 술의 끝을 교활하게 집어채기 전에 말입니다.

나는 그녀의 명복을 빌며 발끝을 세워 불안하고 아파하며 준의 교실로 갔다. 그녀는 말보로가 몹시 피우고 싶다는 눈길로 주위를 두리번거리고 있었다.

"넌 뭐라고 적혔는데?"

"스카프."

"하―."

"하―. 그러면 너는?"

"물감."

도미에처럼 불쾌하게 생긴 미술 선생인 준의 담임은 그녀의 모든 용모가 진로란에 단지 하나의 단어, 배우라는 단어만을 허용한 채 단호하게 존재하고 있었는데도 용케 유혹에 빠지지 않고 위트와 패러독스로 무장한 펜 끝으로 날카롭게 '물감'이라고 써 넣었다고 한다. 사실 내가 보기에도 준은 끔찍하게도 그녀의 '그년'을 닮아 있었지만, 그리고 당장 무대에 올려놓아도 고분고분한 여고생 역만 아니라면 모든 것을 해낼 듯이 보였지만, 그 모든 것은 준이 싫으면 그만이었다. 그게 핵심이었다.

준은 얼굴을 찡그리며 예쁜 입술에 문 말보로 마일드를 빼고는 풍자와 아이러니가 담긴 도넛 모양의 연기를 훅 내뿜었다. 중간이 둥글게 뚫린 공허한 도넛, 아니. 중심에 블랙홀을 담고 모든 것을 빨아들이는 거대한 은하의 고리. 그래. 준은 그녀가 원하기만 한다면 무엇이든 될 수 있었고, 어디로든 갈 수 있었다. 단지 원하기만 한다면.

먹고 자고 자고 먹고, 아버지에게 따귀를 맞고 그를 비웃고 아버지의 따귀를 때리고 비웃음을 당하고, 준이 그년을 미워하고 그년은 계속 상대를 바꿔가며 바람을 피우고, 준의 가슴과 입술을 속속들이 핥고 준이 내 가슴과 입술을 속속들이 핥으며 어느 정도의 시간이 핑 하고 지나가자 여느 때와 다름없는 일요일 오후. 여느 때처럼 어슬렁어슬렁 거리에 모인 나른하고도 아름다운 열두 달의 아이들은 떠들썩하게 서로의 이야기를 나누었다. 차가운 미소가 매력적인 미소년, 1월의 젠은 길고 쭉 뻗은 다리를 건성으로 흔들며 블랙홀을 연구하는 스티븐 호킹 박사의 휠체어로 진로가 정해졌다고 말했다. 그리고 준의 옆에 앉은 늘 무료하고 나른해 보이는 말라깽이 소녀 11월의 노브는, 난쟁이와 요정이 나오는 거대한 서사시를 쓰는 톨킨의 양피지가 될 모양이라며 한숨을 쉬었지만 은근히 부러움을 샀다. 활기찬 10월의 오기처럼 우리들의 할렘인 클럽 핑의 전속 레코드가 된 운 좋은 아이들은, 그러고 보면 그는 잠시 킹이 휴식할 때마다 차가운 콜라를 가져다주며 늘 함께 카드를 하고 시가를 피우곤 했지, 대놓고 모두의 부러움을 샀다. 하지만 대개의 아이들은 자신들의 진로를 마음에 들어 하지 않았다.

무심하게 아이들 하나하나의 이야기를 듣고 있던 나, 메이, 여왕의 진물 흐르는 귀에 이런 소리가 들려왔다. 3월의 아이, 마치가 말하는 소리였다.

"왜 웃냐고? 기쁘거든."

"뭐가 기쁜데?"

그는 말없이 씨익 웃었다. 대신 준이 에코도 울고 갈 정도로 우아하게 외쳤다.

"아, 오늘이 클럽 핑의 개장 날이야!"

아주 오랜만에, 죽음 같은 동면기를 지나온 듯, 각자의 소박하고 지나치게 가벼운 교복을 벗고 온갖 거추장스럽고도 아름다운 장신구와 옷으로 잔뜩 멋을 부린 귀족 같은 열두 명의 아이들은 이윽고 밤이 되자 푸른 별빛과 황금의 젖과 꿀이 흐르는 은하수가 노래하는 네온사인의 거리를 걸었다. 입가에서 저절로 노래가 흘러나왔다.

"한 바퀴 핑 돌아보아요. 머리가 핑 돌지요. 내 눈엔 별이 핑 돌고, 네 눈엔 눈물이 핑 돌아요. 그들의 얼굴에는 기름기가 핑 하고 돌지요."

그와는 대조적으로 어두운 술집 골목에 기대서서, 이제 컴퓨터가 되어버린 것 같은 대학생 선배와 손이 마우스가 되어버린 후배가 맥주를 마시고 있었다. 후배는 커서를 깜빡이며 선배에게 메시지를 전달하고 있었다. 선배의 모니터는 끊임없이 0과 1만을 찍어냈고, 후배는 한숨을 쉬었다. 대학이란 그런 곳인 모양이었다. 들리는 소문으로는 자칫 방심하면 컴퓨터나, 영어 단어집이 되어버려 다시는 돌아올 수 없게 된다는 것이었다. 그런 경우가 비일비재하다고 했다.

마침내 클럽 핑에 도착하자, 빨간 코르셋과 은빛 페티코트를 입고 금빛 하이힐을 신은 성미 급한 12월의 아이 디디가 정신없이 계단 위를 올라갔다. 까마귀 털 코트를 입고 꼭 맞는 모조 스타일의 양복에 은빛 발레슈즈를 정중하게 신은 오기의 손을 잡은 채. 펑은 개장 기념 선물 때문에 인구 과밀의 극치를 달리고 있었다. 하지만 입구에 서서 무지갯빛 뜨개 모자를 쓴 마틴 루터 킹에게 오기가 카드의 킹을 내밀며 씨익 웃자 그는 육중하게 닫힌, 이번에는 태양 모양의 문고리를 열어주며 무지개처럼 손을 잡고 줄줄이 들어가는 우리들 하나하나에게 립스틱이 번들거리는 키스를 날렸다. 그가 외쳤다. 아, 너희들은 정말이지 미치게 아름답고 예술적인 아이들이야. 구름 무지개다리처럼.

올라온 계단만큼 지하 계단을 내려가자니, 서서히 악마의 박동 같은 음악 소리가 심장을 쿵쿵 울리기 시작했다. 나는 달콤한 침을 흘리며 롤리 팝을 빨고 있는 4월의 아이, 에이프릴에게 물었다.

"그런데 개장 기념 선물이 도대체 뭔데 그래?"

"모르핀이래. 한 대씩."

"몰핑?"

에이프릴은 초록빛 설탕 침을 튀기며 정정해주었다.

"아니. 모. 르. 핀. 약이야. 드럭."

아. 하지만 천사 같은 웨이트리스 1이 다가와 주사기를 주었을 때 나는 그것을 휙 허공에 던져버리고는 계속해서 춤만 추었다. 미친 듯이 괴성을 지르며, 몇 번이고 폭발하는 화산의 재와 용암들에 발바닥을 덴 채 깡충깡충 뛰면서. 마침내 질주하던 마음 앞에 벼락 치는 낭떠러지가 바짝 다가와 있었지만, 아직도 온몸에서

는 마그마 같은 땀이 흐르고 있어 바닥은 한없이 미끄러웠다. 나는 약이 필요 없어요. 내 핏속에는 이미 마약이 흐르고 있으니까요. 혈관 속의 모르핀은 느리게 침잠하며 수없이 나를 몰핑시킨다. 눈 안에서 별이 반짝.

나는 노래를 부르며 지옥 같은 천국 속을 달려간다. 젖과 꿀이 흐르는 은하수를 이사도라 덩컨의 거만한 얼굴이 스쳐 지나간다. 나는 그녀의 스카프가 되기도 할 것이다. 어두운 플랫폼을 들어서는 바람에 한없이 날리는 분홍빛 스카프, 스카프는 그 속의 분홍 구두를 감추기 위해 일부러 분홍빛을 띠고 있었다.

우리는, 열두 달의 아이들은, 자신 속의 아름다운 환상을 감추기 위해 양피지가 되기도 하고, 자신 속의 끝없이 터지는 리듬과 라임을 숨기려 LP판이 되기도 하고, 자신 속의 또 다른 자신을 감추기 위해 블랙홀 같은 검은 물감이 되기도 할 것이다. 오, 나의 사랑스러운 준. 6월의 아이여. 우리는 단둘이서 새벽이 오기 전에 우주에 숨는 두 개의 별이 될 수도 있을 것이다. 잠시 뭔가를 한다는 것과 완결된 뭔가가 된다는 건 확실히 다른 일이지. 그래서 나는 단지 이 순간, 순간들을 위해 오늘도 미친 듯이 온몸을 핑글핑글 돌리며 클럽 핑에서 춤추고 있는 것이다. 완결되지 않기 위해, 과도한 에너지로 증발할 듯이 부글부글 끓으며. 무지갯빛 비누 거품이 떠다닐 때까지.

고양이 대왕

내게도 아버지가 있습니다. 불과 석 달 전까지만 해도 아침에 일어나면 회사에 가고 저녁이 되면 집으로 돌아와 잠드는 사십 대 남자였습니다. 그가 이상해진 것은 석 달 전 주말, 회장님 댁에 초대를 받아 다녀온 날 뒤부터였습니다.

그날은 아침부터 온 가족이 분주했습니다. 목욕탕에 간다, 청소를 한다, 옷을 고른다 하는 등으로 한나절이 어떻게 지나갔는지 모르겠습니다. 다섯 시가 다 되어가자 부모님은 안방으로 들어가 문을 잠그고는 낮은 목소리로 속삭였습니다. 나는 문에 기대어 대화를 들으려 애썼습니다. 부모님께서는 내게 회장님 댁에 식사하러 가는 것뿐이라고 말씀하셨지만 아무래도 그'뿐'만은 아닌 것 같았습니다. 그렇다면 온 가족이 초긴장 상태로 하루를 보낼 까닭이 없으니까요. 어머니는 불길하다며 갱생 프로그램이라지만 이상한 것으로 변했다는 직원들 얘기를 들었다 하셨고, 아버지는 그래 봐야 천 명에 한 명 꼴이지 않느냐고 괜찮을 테니 걱정 말라고 달랬습니다. 그 소리가 어찌나 다정하고 믿음직했는지 나까지 안심이 되었습니다. 아버지는 그런 사람이었습니다. 어떤 상황에서도 누구에게나 소리 한번 지르는 법 없이 웃는 낯으로 대하셨습니다. 때론 지나치다 싶을 정도로 공손하게 구시는 통에 분통이 터질 때도 있었지만 아버지는 예절과 배려는 인간 사이를 지켜주는 울타리이며, 모든 사람은 귀중한 존재라고 늘 말씀하셨습니다. 아버지가 유일하게 화를 내실 때는 내가 그런 것들을 지키지 않을 때뿐이었습니다.

이윽고 저녁 일곱 시. 우리 셋은 으리으리한 차를 타고 커다란 저택에 도착했습니다. 차 문이 열리자 우리는 긴장한 채로 아름다운 무늬가 새겨져 있는 철문을 지나 수십 개의 돌계단을 올라 집 안으로 들어갔습니다.

끝이 보이지 않을 정도로 넓은 실내는 고요하고 어두웠습니다. 그리고 추웠습니다. 우리는 집사 복장의 늙은 남자를 따라 높은 문이 달린 방 안으로 들어갔습니다. 커다란 방 가운데 식탁이 놓여 있었습니다. 세로가 너무 길어 우리 가족이 일렬로 눕는다 해도 남을 정도였습니다. 식탁 위에는 양끝에 놓인 고급스러운 은제 촛대 두 개에 꽂힌 초들이 밝게 타오르고 있었을 뿐 아무것도 없었습니다. 의자는 여덟 개로, 여섯 개는 세로로 세 개씩 놓여 있었고 두 개는 양쪽 끝에 놓여 있었습니다. 우리가 나란히 앉으려 하자 집사는 고개를 젓고 중간에 앉은 아버지더러 반대편을 가리켰습니다. 한마디도 하지 않았지만 엄숙한 표정 때문에 지시에 따를 수밖에 없었습니다. 그렇게 우리는 아버지가 꼭짓점인 삼각형 구도로 앉아 있었습니다. 가만히 있으려니 몸이 절로 움츠러들었습니다.

잠시 후 문이 열리고 청년 둘이 은색 수레를 몰고 들어왔습니다. 종업원 복장인 그들의 얼굴은 생기가 없고 창백했습니다. 식탁 옆에 수레를 멈춘 그들은 자리를 돌면서 하얗고 깨끗한 수건과 접시, 은식기, 크리스털 컵 등을 놓았습니다. 그동안 우리를 안내한 늙은 집사가 돌아와 구석에 놓여 있던 벽난로에 불을 붙였습니다. 나무토막 몇 개를 던져 넣자 탁탁 타는 소리가 나면서 방 안에는 미미한 온기가 감돌았습니다. 그러자 긴장이 조금 누그러지는 바람에 나는 깜빡 졸고 말았습니다.

　누군가 팔을 툭 쳐서 눈을 떴을 때는 이미 식사가 시작되고 있어서 깜짝 놀랐습니다. 식탁에는 김이 모락모락 나는 음식이 차려져 있고 비어 있던 의자에는 사람들이 앉아 있었습니다. 내 옆에 앉은 사람은 기묘한 분위기의 사내였습니다. 채 스물이 되었나 싶기도 하고 아주 오래 산 사람 같기도 해서 도무지 나이를 종잡을 수 없었습니다. 앳된 얼굴에는 어두운 표정이 떠올라 있었고, 고급스러운 복장과 넓은 어깨에도 불구하고 행동은 장난스러웠습니다. 시선을 느낀 사내는 조용히 하라는 듯이 손가락 하나를 입에 갖다 댔습니다. 부드러운 동작이었지만 묘하게 강압적이었습니다. 시키는 대로 하지 않으면 안 좋은 일이 벌어질 것 같았습니다. 나는 고개를 끄덕이며 침을 꿀꺽 삼켰습니다. 배 속에서 꾸르륵하는 소리가 들렸습니다.

　포크와 나이프를 들고 하얀 접시에 놓인 음식을 먹기 시작했습니다. 으깬 감자와 구운 야채 샐러드, 부드러운 스테이크, 수프와 검은 빵. 그리고 오렌지 주스와 우유와 물. 만족스러운 메뉴였습니다. 맛도 좋았습니다. 침묵 속에서 음식을 먹는 동안 나는 맞은편에 앉아 있는 가무잡잡한 얼굴의 소년이 짓궂은 표정으로 혀를 내미는 것을 보았지만 못 본 체 했습니다. 아버지 옆에는 할머니가 앉아 있었는데, 소리 없이 무척 격렬하게 흐느끼고 있어 어떻게 그런 일이 가능한지 신기할 정도였습니다. 양끝에는 회장님 부부가 앉아 있었습니다. 그런 자리에는 의례 집주인들이 앉는 법이니까요.

그런데 회장님의 얼굴은 매우 신기했습니다. 극적으로 벌어진 입이며 웃고 있는 눈, 새빨간 볼까지 아무리 봐도 가면이거나 인형으로밖에 보이지 않는 얼굴이었습니다. 한편 맞은편에 앉아 있는 부인은 아무리 봐도 모자였습니다. 검은색에 둥그스름한 모양새가 예전에 할아버지가 자주 쓰시던 모자 같았습니다. 실크해트라고 하던가요. 이토록 해괴한 부부였지만 뚫어져라 쳐다보면 실례일 것 같아 얼른 시선을 거두었습니다. 아니나 다를까, 아버지도 나를 보고 있었습니다. 그 엄한 눈빛은 아버지가 이전에 장애자나 술주정뱅이를 오래 쳐다봐서는 안 된다고 말하던 때와 똑같았습니다.

조용히 식사를 마치려고 애쓰는데 뭔가가 허공에서 날아와 얼굴을 탁 하고 치고는 접시에 떨어졌습니다. 완두콩 한 알. 고개를 들자 또 한 알이 비비탄처럼 볼을 쌩하고 스치고 지나갔습니다. 그제야 반대편에 앉아 있던 소년이 혀를 내밀고 포크에다가 콩을 장전하고 있는 것이 보였습니다. 나는 재빨리 쏟아지는 콩들을 피했습니다. 콩 세례는 다행히 거기서 그쳤습니다. 요리에 든 것이 그것뿐이었기 때문이지요.

식사를 마치고 하녀가 가져다준 티라미수 케이크를 먹으며 코
코아를 마시고 있을 때였습니다. 달콤한 맛에 마음이 놓인 나는
무심코 고개를 들고는 할머니를 보았습니다. 할머니의 눈알 하나
가 소리 없이 커피 잔 안으로 떨어지는 것이 보였습니다. 나는 짧
게 숨을 들이 삼켰습니다만 시선은 뗄 수 없어 쳐다보자, 남은 눈
알 하나도 커피 잔 안으로 떨어졌습니다. 이어 틀니가 떨어지고
얼굴 전체가 녹아내리더니 상체까지 모두 녹아 의자 아래로 흘러
내려 버렸습니다. 고개를 숙이고 아래를 보고 싶은 충동을 겨우
억누른 나는 아버지의 시선에 정신을 차리고 포크를 놓았습니다.
더 이상 먹을 수가 없었습니다. 발치에서 뭔가가 끈적거리는 것
같았기 때문입니다.

후식을 마쳐갈 즈음이었습니다. 나는 아버지를 보았습니다. 아
버지는 내가 예전에 어린이 마라톤 대회에 나갔을 때 응원하던 것
과 같은 표정으로 바라보고 있었습니다. 그래, 조금만 더 견디면
된다. 잠시 후면 모든 것이 끝나고 나는 누추하지만 편안하고 아
늑한 우리 집으로 돌아갈 수 있다. 그 소망이 너무 컸던 나머지 나
는 식탁 아래에서 두 손을 모으고 기도를 드렸습니다. 이 세상 어

딘가 있을 신에게요. 그때 누군가 내 손을 탁 하고 건드리는 것이 느껴졌습니다. 목덜미의 솜털이 곤추설 정도로 차가운 감촉에 놀란 나는 고개를 들어 옆을 보았고 사내와 눈이 마주쳤습니다.

그때 놀라운 일이 일어났습니다. 놀랍다기보다는 정말로 이상하고 끔찍한 일이었습니다. 그 사내는 분명 나를 보고 있었는데, 몸이 천천히 휘발되듯 투명해지는 것이었습니다. 그러고는 마침내 하얀 연기의 형태가 되더니 무서운 포효를 내지르며 허공으로 산산이 흩어지는 것이었습니다. 아니, 대체. 도대체 이게 뭐지? 나는 귀신에라도 홀린 것처럼 멍해진 상태로 입을 딱 벌리고 앉아 있었습니다.

연기가 걷히자 나타난 것은 얼굴에 검버섯이 가득하지만 어깨가 넓고 정정한 할아버지였습니다. 이상하게도 방금 전까지 그곳에 앉아 있던 사내와 행동거지며 얼굴이며 분위기가 매우 닮은 모양새라 마치 그가 몇 초 만에 노인이 되어버린 것만 같았습니다. 만약에 그런 일이 실제로 가능하다면 말입니다. 하지만 대체 왜 그런 일을 한 것일까요. 단지 심심해서? 재미삼아서? 아니면 자신이 보통 사람이 아니라는 것을 보여주기 위해서? 노인은 그를 빤히 쳐다보고 있던 나를 보며 빙긋 웃더니, 두 눈을 번뜩이며 손가락 두 개를 튕겨서 딱 하는 소리를 냈습니다.

"자, 이제 식사를 마쳤으니 소화도 시킬 겸 게임을 하도록 하지. 왕 게임이고 선택의 여지는 없어. 왜냐하면 왕 게임이니까."

노인이 장난스러운 표정으로 둘러보자 사람들은 낯설고 불편한 분위기에서 눈치를 보면서 마지못해 하, 하 하고 웃었습니다. 나도 억지로 몇 번 웃었습니다. 노인은 조용하게 박수를 치고 있던 늙은 집사에게 말했습니다.

"카드를 가져와라. 요셉."

"예. 회장님."

나는 흠칫 놀랐습니다. 그렇다면 이 노인이 회장님이란 말인가. 그는 요셉이 가져온 것을 내게 주더니 말했습니다.

"잘 섞어서 모두에게 나눠줘라."

"네."

나는 카드를 몇 번 섞어 사람들에게 나누어주었습니다. 내가 실크해트 앞에서 머뭇거리자 회장님은 검지를 들며 모자 안을 가리켰습니다. 안은 검고 깊었습니다. 나는 그곳에 카드를 떨어뜨렸습니다. 모두가 주황색 카드를 한 장씩 받자 회장님이 말했습니다.

"카드를 뒤집어보지. 누가 왕일까?"

나는 카드를 뒤집었습니다. 뒷면과 같은 주황색 바탕에 '7'이라고 쓰여 있었습니다. 회장님이 킥킥거렸습니다. 사악하면서도 어린애처럼 천진난만한 웃음소리였습니다.

"내가 왕이네."

모두의 얼굴에 미심쩍은 표정이 스쳐 지나갔습니다만 조작일 리 없었습니다. 내가 카드를 나눠줬으니까요. 회장님이 말했습니다.

"숫자가 잘 보이도록 이마에 카드를 붙이도록. 이렇게."

회장님이 카드를 이마에 붙이자 카드는 놀랍게도 빛나는 주황색 왕관으로 변했습니다. 무의식적으로 카드를 이마에 갖다 대자 찰싹하고 붙어버렸습니다. 단순한 종이에 불과해 보였는데 다시 떼려고 해도 떨어지지 않을뿐더러 천천히 녹아버렸습니다. 회장님을 제외한 모두의 이마에 반짝이는 숫자가 새겨졌습니다. 모자에도요. 좌중을 흐뭇한 표정으로 둘러본 노인은 즐거워 죽겠다는 듯이 킬킬거렸습니다. 두 눈이 번쩍번쩍 빛나는 것이 살짝 정신이 나간 사람처럼 보이기도 했습니다. 가까스로 웃음을 멈춘 회장님이 턱을 쓰다듬으며 중얼거렸습니다.

"뭘 시켜볼까? 그래, 그게 좋겠군."

회장님은 검지로 나를 가리켰습니다.

"7번이,"

이번에는 몸을 휙 돌려 어머니를 가리켰습니다. 그러곤 나지막하면서도 으스스한 목소리로 말했습니다.

"4번을 죽인다."

노인의 말을 들은 나는 잠시 멍해졌습니다. 잘못 들은 건가. 그럴 리가. 서서히 정신이 돌아오면서 온몸에 오싹 소름이 끼쳤습니다. 회장님은 이글이글 타오르는 눈동자로 나를 보고 있었습니다. 어서 해, 빨리 하란 말이야라고 부추기는 것처럼. 장난이 아니었습니다. 어머니의 얼굴 역시 하얗게 질려 있었습니다. 잠자코 기다리던 회장님이 입을 열었습니다.

"못하겠어? 에이, 재미없어. 옛날의 왕들은 노예들이 말을 듣지 않으면 그 자리에서 죽여버리기도 했다는데."

모두의 얼굴이 하얗게 질렸습니다. 노인의 목소리는 여유롭고 심드렁했지만 무섭기 짝이 없었습니다. 식욕 없는 상태에서 먹이를 장난삼아 희롱하는 사자처럼 말입니다. 침묵을 깰 사람도 회장님밖에 없었습니다.

"그럼 벌칙으로 넘어가지. 이건 어떨까."

회장님은 검지로 실크해트를 가리켰습니다. 모자는 그대로 놓여 있을 뿐이었습니다.

"6번이,"

이번에는 앞을 가리켰습니다.

"1번이 된다."

노인이 가리킨 것은 아버지였습니다. 모두의 시선이 회장님에게로 쏠렸습니다. 그 시선은 이렇게 말하고 있었습니다. 어떻게? 그러자 회장님이 말했습니다.

"모자 안에 손을 넣어보게."

그 말에 아버지는 자리에서 일어나 모자 안으로 손을 뻗었습니다. 혹시 마법사의 모자처럼 안에서 토끼가 나올지도 모를 일이었습니다. 아버지는 갑자기 손을 확 빼며 짧은 비명을 토하셨습니다. 비명 모자 안에서 튀어나온 것은 흰 고양이 한 마리였습니다. 새하얗고 풍성한 털에 가벼운 몸놀림, 모자 테두리 위에 서 있는 모양새가 몹시 우아하고도 날렵해 보였습니다만 허리를 곧추세우고 이빨을 드러내고 있어 사납기 그지없었습니다. 고양이의 작은 머리 위에도 숫자 6이 주황색으로 빛나고 있었습니다. 누가 자신을 불렀냐는 듯 좌중을 노려본 고양이는 모자 아래로 사뿐히 뛰어내려 꼬리를 치켜올린 채로 한 걸음 한 걸음 아버지에게로 다가가더니, 마침내 앞에 동그마니 서서 하늘색 눈동자로 뚫어져라 쳐다보았습니다. 아버지가 움찔하는 순간 고양이가 네발을 크게 펼치며 그의 품 안으로 달려들더니, 연기처럼 옅어지며 순식간에 흡수되어 버리고 말았습니다. 무슨 일이 일어난 것인지 몰라 멍한 침묵을 깬 것은 발작적인 웃음소리였습니다. 회장님은 아버지를 손가락질하며 침이 튀는 것도 아랑곳하지 않고 미친 듯이 킬킬거렸습니다. 겨우 웃음을 그친 노인이 검버섯 핀 두툼한 손으로 박수를 두 번 치자, 모두의 이마에서 카드가 툭 떨어졌습니다. 숫자도 사라졌고요.

"초대는 이걸로 끝! 요셉! 집까지 정중하게 모셔다 드려라."

집으로 돌아온 우리는 한동안 거실 소파에 앉아 있었습니다. 그러던 차에 아버지가 일어나시더니 엎드린 채로 바닥을 기어 다니셨습니다. 그러곤 야옹 하는 소리를 내고는 우리를 봤습니다. 어머니의 얼굴이 일그러졌습니다.

"장난치지 말아요. 진지하기만 하던 사람이 하필 지금."

아버지는 무표정한 얼굴로 눈을 끔뻑이며 다시 한번 야옹 하고 울었습니다. 심상찮은 광경에 나는 어머니에게 대체 무슨 일이 일어난 거냐고 다그쳤습니다. 이제까지 얌전하게 참고 있었지만 이렇게 된 이상 어린이로서 감당하기 힘든 사실까지 알아야겠다, 진실을 안다면 자식인 내게도 당연히 알려줄 의무가 있다고 또박또박 말했습니다. 어머니는 내 말에 놀란 것 같다가 잠시 아득한 표정이 되더니 이윽고 입을 열었습니다.

이야기는 이랬습니다. 아버지는 존중하던 상사의 잘못을 뒤집어쓰고 주변에서 온갖 질책과 압박을 받아오다가, 지병인 위염이 심각해져 쓰러지는 바람에 일주일간 회사를 결근하신 적이 있었다고 했습니다. 내게는 출장이라던 것이 실상은 그랬던 것입니다. 출근을 하자마자 사장님에게 호출을 받아 갔더니 갱생 프로그램을 권유받았다고 했습니다. 갱생? 치약 이름 같은 그 단어를 잘 기억해두었다가 나중에 국어사전으로 찾아보았더니 마음이나 생활 태도를 바로잡아 발전된 삶을 살게 되는 것이라는 뜻이었습니다. 과거의 삶에서 벗어나서 제2의 새로운 삶을 살게 되는 것이기도 하구요. 회사 내에서도 비밀리에 시행되고 있는 그 프로그램은 사원 개개인의 잠재적 성향을 끌어내어 부족한 점과 넘치는 점 간의 균형을 맞추는 일종의 성격 개조 프로그램이라고 했습니다. 때문에 회장님 댁으로 초대를 받았다는 것입니다. 회장님은 성격 개조의 전문가라나요. 가족 전원이 초대받은 까닭은 프로그램의 진행을 위해서였다고 합니다. 이야기를 듣는 동안에도 아버지는 바닥을 기어 다니거나 높은 데로 오르려고 애썼습니다. 장난이라기에는 너무도 진지했고 우스꽝스러울 정도로 천진난만했습니다.

다음 날 아침 나는 학교에 가고 아버지는 회사에 출근하고 어머니는 집안일을 했습니다. 고양이가 되었다 해서 출근하지 않는 것은 아니었습니다. 더군다나 회사 프로그램 때문에 그렇게 되었으니까요. 회장님 댁에 다녀오고 난 지 일주일이 지난 후 회사에서 어머니와 나를 초청했습니다. 이른바 업무 참관이었습니다. 학부모들이 자식의 수업을 참관하듯, 가족들도 가장이 일하는 것을 참관할 권리가 있다나요. 우리는 내심 집에서는 고양이처럼 굴어도 회사에서는 그렇지 않기를 기대했으나 당치도 않았습니다. 아버지는 천연덕스럽게 서류에 손도장을 찍었으며, 그걸로 부장에게 혼나고도 오히려 그를 넘어뜨리고는 깔고 앉아 두 손으로 얼굴을 찰싹찰싹 때리기까지 했습니다. 아버지의 얼굴에는 초연하고 만족스러운 표정이 감돌았고 두 눈에 장난기까지 가득 담고 있었습니다. 어머니와 나는 문제아를 둔 부모처럼 한숨을 쉬고 얼굴이 빨갛게 달아오른 채로 어쩔 줄을 몰랐습니다.

아버지가 점점 변해가는 것을 두고 볼 수만은 없어 어머니와 나는 회장님 댁으로 찾아가 간청을 해보기로 결심했습니다. 하지만 저택 위치를 알 수가 없었습니다. 식사 초대 당시에도 리무진이 집 앞까지 와서 우리를 데리고 갔고, 창문에는 검은 커튼이 내려져 있었습니다. 운전석과 좌석 사이는 벽처럼 칸막이가 가로막고 있어 앞도 볼 수 없었고요. 회사에 전화를 해서 물어보아도 그들은 모르쇠로 일관했습니다. 막막해진 우리는 어찌할 바를 몰랐습니다. 결국 눈먼 말처럼 달려갈 수밖에 없는 신세가 되고 만 것이었습니다. 어쩌면 그것은 식사 초대를 받아 가던 날부터 정해져버린 운명이었는지도 모릅니다. 남은 것은 무력하게 아버지를 지켜보는 것뿐이었습니다. 그러던 어느 날, 회사에서 해고 통보를 받고 말았습니다. 전화 속 담당자는 '갱생 프로그램이 실패했다, 야성에 눈을 뜨고 말았다' 단지 이 말만을 전했고 마지막 월급과 퇴직금이 계좌로 입금되었습니다.

처음에는 좋았습니다. 늘 바쁘다고 하시던 아버지가, 회사에서 늦은 밤까지 일하다가 지친 모습으로 돌아오시던 아버지가, 주말이면 죽은 시계처럼 잠을 자던 아버지가 종일 집에 계셨으니까요. 뿐만 아니라 전에 없이 신체적인 애정 표현이 많아지셨습니다. 예전에는 그저 가끔 안아주거나 머리를 쓰다듬어 주는 정도였다면 이제는 얼굴과 머리 옆쪽을 제 몸 구석구석에 비비시며 아주 기분 좋은 듯이 목 깊숙한 곳에서 고롱거리는 소리를 내셨습니다. 가끔 제 손가락을 살짝 깨물거나 발톱을 조금 드러내고 카펫 위에서 마치 반죽이라도 하듯 앞발을 움직이면서 애교를 떠시기도 했습니다. 그 모습이 귀여워서 쓰다듬으면 제 손이나 다리에 몸을 비비거나 가르릉거리고 때론 몸을 뒤집기도 하셔서 난처하면서도 새삼 애정이 물씬 느껴지고는 했습니다.

반면 매우 정신 사납고 이해가 되지 않는 동작도 있었습니다. 한밤중에 우당탕하고 소리를 내면서 내 얼굴을 밟고 방 안을 가로질러 달려간다던가, 두 다리를 모으고 마룻바닥을 데굴데굴 구르는 등의 동작이었습니다. 첫 번째 것은 그저 얼굴이 아플 뿐이었지만 두 번째는 상당히 간절하게 호소하는 몸짓이었기 때문에 걱정이 된 나는 짝인 주리에게 넌지시 물어보았습니다. 고양이를 키운다는 소리를 들은 적이 있기 때문입니다. 주리는 쿡 하고 웃더니 귀에다 소곤거렸습니다. 나는 되물었습니다.

"발정기가 뭐야?"

소리가 컸던지 담임선생님이 우리를 불러 일으켜 세워 방금 전에 했던 말을 그대로 하도록 시켰습니다. 아이들 중 크게 웃는 녀석들이 몇 명 있었습니다. 선생님은 소란을 가라앉히고 칠판에 커다랗게 세 글자를 쓴 다음 천천히 설명해주셨습니다. 발정기란 동물들이 교미를 해야 하는 시기를 말한단다. 웃던 녀석들이 목소리를 돋우어 되물었습니다.

"교―미가 뭐예요?"

"새끼를 낳는 과정이란다."

선생님은 간단하게 대답하고 수업을 끝내버리셨습니다.

집으로 돌아온 내가 이 이야기를 해드리자 어머니는 얼굴을 붉히셨습니다. 그러고는 급히 목욕탕에 다녀오셨습니다. 저녁을 먹을 때 보니 머리 손질도 하신 것 같았고 그윽한 향기도 났습니다. 그날 밤 안방에서 어이없을 정도로 크고 애교가 넘치는 교성이 연신 터져 나와 집 안이 온통 울릴 지경이었습니다. 이 집에 있는 사람이라고는 나와 어머니 그리고 아버지뿐인데 내가 내는 소리가 아니라면 누가 내는 소리일까요? 처음에는 하나의 목소리이던 것이 사흘날 밤 즈음에는 커다란 두 개의 목소리로 변해 있었습니다.

나흘째 되던 밤, 교성은 바깥에서 들려왔습니다. 아이, 아니 아이 같은 어린 여자가 목 쉰 소리로 으앙 으앙 우는 것 같은 특이한 교성은 담 너머 골목길에서 사방팔방 울려 퍼지고 있었습니다. 놀란 나는 잠옷 바람으로 얼른 밖으로 나가보았습니다. 그리고 길 한가운데서 발가숭이가 된 채로 뒹굴고 있는 아버지를 보았습니다. 더욱 충격인 것은 아버지는 혼자 뒹굴고 있는 것이 아니라 처음 보는 흰 고양이 한 마리와 뒹굴고 있었다는 것입니다. 헌데 그들은 또 어찌나 사이좋고 다정해 보였는지 보는 사람마저 왠지 모르게 찌릿하게 흥분이 될 정도였습니다. 그 전까지 까맣게 몰랐던 것을 어렴풋이 알 것도 같았습니다. '교미'라는 것을요. 하지만 그들은 곧 떨어져야 했는데 어느새 달려 나온 어머니가 빗자루를 들고 둘을 마구 때렸기 때문이었습니다. 아버지와 흰 고양이는 담벼락 위로 훌쩍 뛰어올라 어디론가 사라져버렸습니다.

가출해버렸던 아버지가 돌아온 것은 그로부터 일주일이나 지난 후였습니다. 부쩍 마른 몸은 상처투성이였고 어디서 났는지 누더기 비슷한 털옷을 걸치고 계셨지만 어쨌거나 나의 아버지가 틀림없었습니다. 아버지는 어쩐지 나른하게 보이면서도 예전보다 훨씬 생기가 넘치고 날씬해지셨습니다. 불룩하던 배도 쏙 들어가 있었고 손톱과 발톱은 더럽기는 했지만 한층 날카로워져 있었습니다. 눈빛도 강렬하게 반짝거렸고요. 시장에서 돌아와 아버지를 발견한 어머니는 처음에는 흥, 하고 외면했지만 곧 밥을 가져다주었습니다. 그러나 아버지는 캔 참치와 사료가 섞인 밥그릇을 탁 하고 엎어버리더니 야옹 하며 어슬렁거리다가 부엌으로 들어가 장바구니에 든 고등어를 꺼내서 굽지도 않고 그대로 드셨습니다. 입가에 번들거리는 기름이 묻어났고 손에 피가 뚝뚝 흘렀지만 개의치 않고 너무나도 맛있게 드셨습니다. 음미하는 듯이 눈을 반쯤감고는 다 먹자 빙긋 웃기까지 하셨습니다. 어머니는 또다시 빗자루로 때리려 했지만 이번에는 아버지도 가만히 있지 않았습니다. 빗자루를 마구 할퀴어 엉망으로 만든 그는 어머니를 쓰러뜨리고 배 위에 올라앉았습니다. 그리고 의기양양한 시선으로 나를 보았는데 내가 왕이다, 라고 말하는 것만 같은 표정이었습니다. 예전에는 한 번도 본 적이 없는 표정이라 놀랐습니다. 하긴 예전이라면 꿈에라도 이런 일들을 저지르지 않을 뿐 아니라 어쩔 수 없이 그랬다 하더라도 상대방이 지칠 때까지 미안하다고 사과를 하셨을 것입니다.

아마도 그날부터였던 것 같습니다. 밤만 되면 밖에서 수군거리는 소리가 나서 나가보면 감쪽같이 조용해지곤 하던 게요. 그래서 아버지처럼 발소리를 내지 않고 살금살금 까치발로 걸어 거실로 나가봤습니다. 창문 커튼을 살짝 젖히자 담벼락에 앉아 있는 아버지가 보였습니다. 조금 더 젖히자 옆에 있는 고양이가 보였습니다. 그런데 세상에나 그 새까만 털하며 샛노란 눈하며, 한눈에도 불길하게 생긴 녀석이 아버지와 함께 시시덕거리고 있는 것이 아닙니까. 달빛을 받은 그들의 모습은 사이좋은 한 쌍의 악마 같았습니다. 나는 베란다 문을 확 열어젖혔고 놀란 그들은 일제히 나를 보았는데 네 개의 눈동자는 사람의 것이 아니었습니다. 그만큼 아버지의 눈동자는 고양이와 흡사했습니다. 살이 빠져 예전보다 훨씬 커진 눈의 동공은 세로로 길게 늘어나 있었고 홍채는 어둠 속에서도 밝게 빛났습니다. 흠칫 놀란 나는 아버지가 들어오시도록 문을 열어놓은 채 방으로 돌아왔습니다. 요즘 아버지는 나에게 몸을 비비거나 애교를 떨지도 않고 어쩌다 눈이 마주쳐도 유별나게 무심하고 냉정하게 쳐다보거나, 걸핏하면 밖으로 나돌며 집에 있을 때도 내내 잠만 자곤 했습니다. 마치 집이 여관인 것처럼, 자신이 잠시 머물다 가는 손님에 불과하다는 듯이. 이제 더 이상 다정하고 가정적이던 아버지의 모습은 찾아볼 수 없었습니다.

한층 서늘한 기운을 느낀 것은 그로부터 며칠 후였습니다. 학교를 파하고 집으로 돌아왔을 때 마당에 쪼그리고 앉아 있는 어머니가 보였습니다. 뭔가를 태우고 계셨는데, 아직 늦여름이었기 때문에 낙엽이 아니라는 것은 분명했습니다. 편지 혹은 서류, 사진첩도 아니었습니다. 다가가자 인기척을 느낀 어머니가 고개를 들었습니다. 얼굴은 연기에 그을려 온통 검댕이 묻어 있었고 쉴 새 없이 흐르는 눈물이 그을음을 절반쯤 씻어내고 있었습니다. 어머니는 나를 와락 끌어안으며 말했습니다.

"현수야, 이제 어쩌니? 우리 이제 어떡하니?"

어머니의 말에 따르자면 점심 무렵 빨래를 널려고 마당에 나왔는데 누군가 대문을 두드리더라는 겁니다. 주먹으로 쾅쾅쾅 하고. 놀란 어머니가 문을 열자 동네 애완동물 가게 주인이 잔뜩 화난 얼굴로 서 있었습니다. 아버지의 목덜미를 꽉 쥔 채로요. 그 가게 주인이라면 나도 알고 있습니다. 덩치가 산만 한 주인은 꼭 TV의 다큐에서 보았던 그리즐리 베어처럼 생겼습니다. 그 덩치로 어떻게 조그만 고양이나 강아지, 고슴도치나 햄스터 따위를 팔 수 있는지 모르겠지만 어쨌거나 내가 어릴 때부터 있던 가게였습니다. 주인은 얼굴이 시뻘건 채로 악을 쓰며 이렇게 말했다고 합니다.

"이 미치광이, 당신 남편이오?"

그러곤 온통 물어뜯긴 햄스터들을 바닥에 던지며 이자가 난데없이 들어와 이래 놓았다고, 다 물어내라고 했다는 겁니다. 놀라고 당황한 어머니는 계속해서 죄송하다고 하며 돈을 물어주고 손이 발이 되도록 빌고 나서야 아버지를 돌려받았다고 합니다. 그런데도 아버지는 우습다는 듯 거만한 표정을 짓고 있었고, 주인이 돌아가자마자 또 어디론가 나가버렸습니다. 주저앉은 어머니는 계속해서 울다가 겨우 정신을 차리고 쥐를 태우고 있었다는 겁니다. 어머니가 태우고 있었던 것은 햄스터들이었던 것입니다.

다음 날 우리는 익명의 투서를 받았습니다. 요즘은 초등학생도 다 칠 수 있는 워드 문서로, 신명조체 11포인트로 이렇게 적혀 있었습니다.

나는 미치광이와 한동네에 살 수 없다. 미치광이는 정신병원에 있어야 마땅하다. 그가 이렇게 버젓이 활개치고 돌아다니는 것을 더 이상 참을 수 없다. 당신들은 이사를 하든지 아니면 그 미치광이를 병원에 입원시키도록 해라. 아니면 이 사실을 동네 사람들에게 모두 소문내버리겠다. 당신들이 떠날 수밖에 없도록. 기한은 이 주일을 주겠다.

집요하게 투서를 보내던 그는, 그런 집요함으로 고슴도치의 가시도 다듬어주는 모양입니다만, 이 주가 넘어서자 마침내 편지 쓰기를 그만두었습니다. 우리가 어떤 행동도 취하지 않고 무시하는데 화가 난 모양이었습니다.

침묵은 무서운 보복으로 돌아왔습니다. 낡았지만 깨끗하던 집 담벼락에 누가 '프릭Freak'이라고 스프레이로 써놓았습니다. 외국 과자 이름 같은 그 단어를 주니어 영한사전으로 찾아보니 기형, 변종, 괴물이라고 적혀 있었습니다. 학교의 내 책상에는 누군가 못생긴 고양이를 그려놓았습니다. 아이들이 한데 모여 있다가 내가 지나가면 수런거리며 손가락질을 했습니다. 하굣길에 으슥한 곳으로 끌려가 처음 보는 중학생 형들한테 신나게 두들겨 맞았습니다. 형들 중 하나가 이기죽대며 너희 가족은 이스트 카운티로나 이주해 가라고 말했습니다. 거기가 어디냐고 물었더니 미국으로, 고양이가 되려고 하는, 아니 고양이가 되어야만 하는 괴짜가 사는 곳이라고 했습니다. 나는 원해서 된 것이 아니라고, 제멋대로 구는 괴짜여서가 아니라 오히려 너무 고분고분해서 고양이가 되어 버리고 말았다고 마음속으로 원통해했습니다.

집에서는 온갖 종교 단체의 방문을 받았습니다. 아버지에게 악령이 씌었다며 엑소시즘을 하겠다는 신부님도 있었고, 고양이의 저주를 풀기 위해 굿을 하는 수밖에 없다던 무당도 있었습니다. 길거리에서 얻어맞거나 쫓기고 있는 아버지를 보는 것도 부지기수였습니다. 밤이면 만신창이가 된 채 잠들어 있는 아버지의 손을 잡고 묻곤 했습니다. 왜 얌전하게 있지를 못하냐고, 왜 평화롭게 사람들과 더불어 살아가지를 못하냐고. 아버지는 똑바로 쳐다보아도 몇 차례 눈을 완전히, 또는 반쯤 감았다 뜨기를 반복한 다음 천천히 고개를 돌려버리셨습니다. 그런 이야기는 관두라는 듯이 말이지요.

한번은 사나운 눈빛을 하고 나를 할퀸 적도 있습니다. 돌이켜 생각해보니 그 전까지 있었던 어떤 일보다 그때의 눈빛과 손톱의 날카로움이 아버지에 대한 생각을 바꿔준 것 같습니다. 그 시선은 마치 이렇게 말하는 것 같았습니다. 자신은 애완동물이 아니라고. 이렇게 답답한 곳에서는 더 이상 살 수 없다고. 그 모습에서 나는 이제 그가 사람이 아니라는 것을 마음속으로 인정하고 있었는지도 모릅니다. 게다가 온갖 인간들에게 시달리다 보니 차라리 고양이가 나을지도 모른다는 생각마저 들 정도였습니다.

너무나 외롭던 차에 말을 걸어온 것은 짝인 주리였습니다. 처음에는 걘 줄도 몰랐습니다. 아침에 신발장 문을 여는데 쪽지가 들어 있었습니다. 거기에는 이렇게 쓰여 있었습니다. 화단 세 번째 나무 아래. 나무 아래에 쪽지가 있었습니다. 방정환 동상 손바닥 위. 어렵사리 올라가보았더니 또 쪽지가 있었습니다. 옥상으로. 옥상으로 가보았더니 한 소녀의 뒷모습이 보였습니다. 문을 닫자 소녀가 뒤돌아보았습니다. 얼굴이 둥글고 볼이 사과처럼 반짝이는 주리였습니다. 주리가 말했습니다. 오랜만에 들어보는 다정한 목소리였습니다.

"네 아버지가 정말로 고양이니?"

소녀의 두 눈에는 순수한 의문만이 파란 하늘의 구름처럼 떠올라 있었습니다. 나는 바람 빠지는 풍선 같은 목소리로 대꾸했습니다.

"그래."

"굉장하네! 아버지가 고양이라니!"

"그런가."

나는 단조로운 어조로 반문했습니다. 여러 인간들에게 넌더리가 난 나머지 만사가 지겹고 우울하기만 했습니다. 주리가 물었습니다.

"아버지, 혹시 금산실업에 다니셨니?"

아버지 회사 이름 정도는 알고 있었습니다. 그 회사는 아이들도 다 알 정도로 유명한, 해외에도 지사를 두고 있는 대기업이었으니까요. 내가 고개를 끄덕이자 주리의 두 눈이 빛났습니다.

"역시 그랬구나."

"왜?"

주리는 침을 꿀꺽 삼키더니 나지막한 목소리로 말했습니다.

"우리 아버지도 금산실업에 다니셨는데…… 일주일 전에 변신

하셨어."

"뭐로?"

잠깐 침묵이 흐른 뒤, 주리는 회장님 댁에 갔던 이야기를 들려
주었습니다. 나의 방문 때와 다른 것이라고는 강낭콩을 던지던 남
자아이가 식빵을 잘게 뭉쳐 던지는 여자아이였던 것과 모자에서
나온 것이 흰 비둘기였다는 것뿐이었습니다. 왕 게임과 집에 돌아
온 후 아버지가 변한 것까지 꼭 같았습니다. 이야기의 끝에 주리
가 말했습니다.

"보고 싶니?"

물론 보고 싶었습니다. 하교 후에 주리네 집으로 갔습니다. 어
머니는 안 계셨습니다. 아버지뿐이었습니다. 우리는 맘 놓고 주리
의 아버지를 관찰했습니다. 과연 그 애의 아버지는 양복 차림으로
입술을 내밀고는 깍깍깍, 하는 소리를 내시며 새처럼 통통 걸어
다니셨습니다. 검은 양복에 파란 넥타이, 흰 와이셔츠가 꼭 까치
같았습니다. 나는 궁금해져서 물었습니다.

"날아다니려고 하시진 않니?"

"경사진 풀밭 같은 데서 날아보시도록 도와드릴 예정이야. 아직
은 적당한 곳을 못 찾아서."

무심코 고개를 돌렸을 때 주리의 아버지는 거실에서 베란다로

통하는 유리문 앞에 서서는 먼 하늘을 올려다보고 계셨습니다. 아득한 시선은 동경과 그리움으로 가득 차 있었습니다. 나는 주리의 손을 잡으며 말했습니다. 작고 따뜻한 손이었습니다.

"지금 가볼래?"

"어딜?"

"적당한 곳을 알고 있어."

도착한 곳은 우리 집 근처의 넓은 공터였습니다. 한참 걸어가면 길게 비탈진 곳이 있었습니다. 새파란 풀이 잔뜩 깔려 있어 넘어지더라도 아프지 않은 곳입니다. 언젠가 화창하던 일요일, 아버지와 골판지로 미끄럼을 탄 적이 있기 때문에 잘 알고 있습니다. 나는 그때가 그리워서 눈가에 눈물이 솟았습니다. 주리는 환하게 웃었습니다.

"와. 괜찮은데. 여기라면 할 수 있을 것 같아."

"그렇지?"

나는 몰래 눈물을 삼키며 대꾸했습니다. 과연 주리의 아버지는 깍깍 하고 걸어 다니시면서 가끔 두 팔을 푸드득거리셨습니다. 우리는 주변에 굴러다니던 골판지 위에 그를 태우고 경사진 길 아래로 밀었습니다. 까르르 깍깍 소리를 내면서 신나게 팔을 푸드득거린 그는 조금 날았나 싶게 픽 하고 풀밭에 쓰러졌지만, 다가가 보니 발갛게 달아오른 얼굴에 생기가 가득 넘쳤습니다. 그 모습을 보며 나는 아버지가 차라리 새가 되었으면 어땠을까 하고 잠시 아쉬워했습니다. 그때 주리가 말했습니다.

"언제 네 아버지도 보고 싶다. 나 고양이 좋아하는데 아버지가 무서워하셔서…… 다른 집에 줘버렸어."

나는 난처해하며 대답했습니다.

"응. 근데 요샌 집에 잘 안 들어오셔서……."

아쉽게도 주리는 아버지를 보지 못했습니다. 어느 날 훌쩍 집을 나간 아버지는 감쪽같이 모습을 감추었고, 다시는 나타나지 않았습니다. 어쩌다 전해들은 소식으로는 야산을 헤치며 고양이 무리를 이끌고 가는 거대한 고양이의 뒷모습을 봤다던가, 그 고양이 대왕이 꼭 사람만 하더라 하는 정도뿐이었습니다. 가끔 아버지가 그립습니다만 찾지는 않을 생각입니다. 그는 우리와 함께 살고 싶어 하지 않았고, 서로 그것을 암묵적으로 인정했기 때문입니다. 다만 활기차던 그 몸과 반짝거리던 눈빛, 더없이 도도하고 당당하던 걸음걸이를 떠올리며 어디서든 잘 살고 있기를 바랄 뿐.

건강하세요, 아버지.

우리 반 좀비

진구스는 오늘도 등교했다. 자리에 절반쯤 들어찬 반 아이들은 숨죽이고 눈치를 살피고 있었다. 놈이 등교하기 시작한 이후로 점점 결석자가 늘어나, 이제는 과반수가 장기 결석을 하고 있다. 교무실에는 문의 전화가 빗발친다고 한다. 문의 사항은 한 가지였다. 놈이 등교했느냐, 하지 않았느냐. 어김없이 등교했다는 말을 들으면 수많은 학생들이 등교를 포기하는 것이었다. 우리 반뿐만이 아니었다. 소문은 급속도로 번져나가 전교에 퍼졌다.

우리 반에 좀비가 등교하고 있다는 소문 말이다.

오늘 놈은 차분해 보였다. 고개를 숙이고 책을 읽고 있었다. 교과서는 아니고 문고본이었다. 진구는 그런 애였다. 이렇게 되기 전에는 무척 똑똑한 녀석이었다. 열여덟 살 주제에 발음하기도 힘든 니체의 책을 읽었고, 입만 열면 플라톤이나 무한 개념에 대한 여러 철학자들의 견해에 대해 논하고는 했다. 선생이고 다른 녀석들이고 아무도 녀석을 못 건드렸다. 심지어 입학식 때 신입생 대표이기도 했다. 진구가 연단에 올라가 찬란한 햇빛을 받으며 글을 읊었을 때, 남자인 나도 반할 정도였으니까. 그러니까 진구는 성을 떠나 모두를 매료시켜 버리는 그런 녀석이었다는 말이다.

쉬는 시간 종이 치자 우리는 살짝 밖으로 나와 옥상, 우리의 아지트로 올라갔다. 옥상 위의 옥상, 학교에서 가장 높은 위치에 자리를 잡자 우리는 서로를 쳐다보았다.

잠깐 소개를 하고 넘어가겠다. 우리는 선미 팬클럽. 말 그대로 선미를 좋아하는 녀석들의 모임이다. 선미는 연예인도 아니고, 미스 코리아의 진선미와도 전혀 상관없는 같은 학교의 동급생이지만 우리의 정신 줄을 놓게 만들었다. 그것도 한 번에 네 명씩이나. 반 배정 첫날 앞문으로 뒷문으로 들어서는 여자애들을 겹눈 잠자리처럼 쉴 새 없이 살피며 점수를 매기던 우리는 자습 종이 치는 순간 헐레벌떡 들어서던 한 여학생을 보고 잠시 혼을 놓아버렸다. 개조해서 딱 달라붙은 윗도리와 짧은 치마, 자리에 앉으며 살짝 내밀던 조그만 엉덩이에서부터 이어지는 허벅지와 종아리의 선까지. 앞자리와 뒷자리에 앉은 우리들은 작게 환호성을 올리며 속닥거렸다.

'야, 졸라 귀엽다.'

'졸라 귀엽지? 아까부터 죽 보고 있었다.'

'너도? 나도.'

그렇게 선미 팬클럽은 즉석에서 결성되었다. 그때부터 그녀는 우리들 침대 백일몽의 화신, 뜨겁고 축축한 몽정의 천사가 되었다. 선미는 얼굴도 예쁜 것 같다. 하지만 언제나 얼굴을 떠올려보려고 할수록 잘 기억이 나지 않는다. 그녀는 오로지 각선미, 그것을 위해 존재하는 것 같은 소녀였다.

선미 팬클럽의 회장, 태석이 품에서 담배를 꺼냈다. 미국 삼촌이 가져왔다는 카멜 담배가 한 바퀴 돌자, 니코틴과 봄 햇살에 나른해진 우리는 반쯤 드러눕거나 걸터앉은 채로 다리를 달랑거리며 중얼거렸다.

"아. 수업 들어가기 싫다."

태석만은 진지하게 담배를 뻐끔거리며 말했다.

"대체 놈의 정체가 뭘까? 진짜 좀비일까?"

그 말에 우리는 자리에서 일어나 앉았다. 서로의 무릎을 맞댄 채로 머리를 싸매고 생각해보았지만 답이 나올 리가 없었다. 돋보기 뿔테를 쓴 민수가 안경 속의 커다란 눈을 깜빡이며 말했다.

"다시 한번 되짚어보자, 그날을."

그리하여 나는 하도 지근지근 밟아 이제는 길마저 생겨버릴 것 같은 기억의 수풀 더미 속을 더듬었다.

삼 주 전 그날은 봄 소풍날이었다. 예년과 다름없이 저주에라도 걸린 듯 스산한 봄비가 왔고, 청솔고교 2학년 학생들은 쫄딱 젖은 생쥐 꼴이 되어 벌벌 떨었다. 그 와중에도 무슨 하이킹인가 뭔가를 한답시고 학생이고 선생이고 진흙투성이가 되어 악전고투를 했다. 내 앞에서 지지대 삼아 바닥에 찔러 넣은 골프 우산에 매달려 있던 고도비만인 녀석이 오줌까지 지리는 바람에 아주 죽는 줄 알았다. 비가 오니까 실례를 해도 아무도 모를 줄 알았나 보다. 그날만 떠올리면 그 무엇보다 지린내가 먼저 기억나 저도 모르게 진저리가 쳐진다.

전반적으로 지린내처럼 얄궂은 날이었다. 아니, 그것보다 더했다. 오줌을 싸고 또 사서 온몸에 비 대신 오줌을 처바르고 있는 것처럼 지독한 날이었다. 사방에 냄새가 진동했다. 분명 그래서였을 것이다. 그래서 그런 일이 일어나버린 것이다. 태석이 말했다.

"경태, 말해봐."

"처음에는 그냥 화장실에 들어갔어. 오줌 누러. 내 앞에 뚱보 놈이 동물처럼 구는 게 너무 혐오스러웠거든. 그 새끼가 글쎄, 지가 무슨 돼지 구름이라고 비처럼 갈겨버린 거야. 왜 목욕탕에서도 탕에다 갈겨버리는 놈이 있잖아. 파렴치한 것들. 난 적어도 문화인이다 이거야."

윤식이 연기를 내뿜으며 말했다.

"새끼, 이빨 까지 말고 요점만 말해."

셋은 모두 같은 표정으로 나를 보고 있었다. 그래서 나는 평소의 말수를 최대한 줄이려고 노력하며 말했다.

"빗소리에 맞춰 오줌을 누고 있었어. 졸졸졸. 그때 어디선가 야릇한 신음 소리가 들려오더란 말이지. 아아, 오오, 하는 그런 소리 말이야. 꼭 내가 내는 것처럼 껄끄러운 사춘기 소년의 목소리라서 더욱 끌리더군. 나는 천천히 다가갔지. 닫힌 칸막이로. 과연 다가 갈수록 소리는 커졌고, 거기에 맞춰 내 속의 뭔가도 벌떡 일어섰지. 실제로 그 짓을 하는 걸 들은 건 처음이기 때문에 뭐에 씌었나 봐. 빈 옆 칸에 들어가 양변기를 밟고 올라가서 안을 들여다봤지. 그런데 말이지……."

여기서 숨을 한번 들이쉬어야 했다. 그날 본 것을 도저히 제대로 말할 자신이 없어서였다. 잠시 침묵한 나는 침을 꿀꺽 삼켰다. 목소리가 갈라져서 나왔다.

"처음에는 여자인 줄 알았어. 바닥에 닿을 정도로 긴 검은 생머리에 트렌치코트를 입고 있었지. 여자는 열심히 뭔가를 하고 있었어. 그 구도, 몰래카메라에서 수없이 봐오던 구도인데도 실제로 보니까 참 낯설더라. 누군지 몰라도 남은 소풍 따위나 와서 비를 쫄딱 맞고 있는데 저치는 인생을 제대로 즐긴다 싶더군. 신음소리가 점점 커졌어. 본능적으로 더욱 발돋움을 하는데 발밑이 불안하게 흔들렸어. 아래를 보니 플라스틱 변기 커버가 박살 직전이더군. 아쉬움을 뒤로하고 내려서려던 나는, 마지막으로 건너편을 내다보았어. 그때 여자가 획 하고 고개를 들더군. 그런데 입 부분이……."

피범벅이 되어 있었다. 놀란 나는 뒷걸음쳤고 변기 커버가 박살나는 동시에 옆 칸의 문이 쾅 하고 열리더니 누군가 후다닥 뛰어나갔다. 나는 너무 무서워서 벌벌 떨다가 문을 살짝 열어봤는데, 길고 검은 머리채가 뱀처럼 빗속에 끌리며 사라지는 것이 보여 소름이 쭉 끼쳤다. 내가 말을 마치자 늘 그렇듯 침묵이 감돌았다. 아직도, 여전히 그 여자, 아니 괴물의 정체에 대해서는 알 수가 없었다. 잠시 후 태석이 말했다.

"그러니까, 네가 정신이 들어 옆 칸을 봤더니 남자가 쓰러져 있었는데 그게 바로 진구였다 이거지. 성기가 난자당한 채로 죽어 있는 것처럼 보였고. 혼비백산한 너는 우리들에게로 달려와 횡설수설했다. 반신반의하면서도 우리는 달려갔고, 그날의 봄 소풍 장소는 장례식장으로 바뀌었고."

나는 고개를 끄덕였다. 소풍을 떠난 아들이 시신으로 돌아오자 진구의 부모는 오열했으나 도무지 이해할 수도 납득할 수도 없는 죽음이었기 때문에 어이없게도 자살로 알려졌다. 하필 성기를 끊어서 자살한 것이다. 그것도 자기 이빨로. 훤칠한 키에 우등생, 더없이 영리한 18세의 소년이 말이다. 누가 들어도 어이가 없었으나, 다른 이유가 없었으므로 그렇게 생각할 수밖에 없었다. 지문이고 발자국이고 모두 지워졌다. 그날 오줌 같던 비에 의해서.

그런데 사흗날, 진구가 돌아왔다. 평소의 총기는 온데간데없고 나사가 하나 빠진 듯 멍해 보였다. 수업 시간에 소름 끼치는 소리로 킬킬 웃기도 하고 여자애들에게 음탕한 눈빛을 보내기도 했다. 평소 진구를 사모해 마지않았던 여학생들은 그들과 말 한마디 섞지 않던 얼음 왕자인 진구가 보낸 눈빛에 눈에 하트라도 튀어나올 듯 열렬하게 응답했다. 그도 그럴 것이 돌아온 진구는 예전보다 더욱 잘생겨 보였다. 피부는 분가루라도 바른 듯 매우 창백했지만 눈동자가 커지고 더욱 깊어져 분위기마저 있어 보였다. 얼음 왕자가 어둠의 왕자로 재림한 것이었다. 진구는 쉬는 시간이 되면 자신에게로 몰려드는 여자애들과 시시덕거렸다. 교실에서 키스를 한다거나 농도 짙은 스킨십을 하는 것도 서슴지 않았는데, 그것을 본

남학생들은 주먹으로 애꿎게 책상을 치거나 쓰레기통을 발로 차기도 했다. 그럴 때마다 진구는 시커먼 눈빛으로 말없이 노려보았는데, 한마디의 말보다 더욱 오싹했다. 여차하면 죽일 기세였다.

실제로 진구는 남학생들을 평정했다. 3반의 날라리인 왕미미가 진구 무릎에 앉아 있는 것을 본 2학년 전교 통 구정웅이 그에게 덤벼들었다가 한 방에 나가떨어졌다는 소리에 간단하게 전교의 남자애들을 제압해버린 것이었다. 진구는 여전했다. 성을 떠나서 모두를 매료시키는 녀석이었다. 다만 이전과는 다른 방향으로였다. 예전에는 도도하고 차가운 분위기였던 것이 지금에 와서는 폭력적이고 남성적인 향기가 물씬 났다. 구정웅이 아예 반을 옮겨 오른팔처럼 따라다니며 굽실거리는 것을 보면 두목의 풍모도 얼핏 보일 정도였다.

반면 성적은 급격하게 떨어졌다. 진구는 더 이상 공부에 관심이 없어 보였다. 간혹 예전에 읽던 두툼한 『자본 I-1』이나 『장자』 같은 것을 들고 있을 때도 있었지만 모두 개폼이었다. 말하자면 여자를 꼬이기 위한 용도였다는 거다. 혹은 차폐막이거나. 그가 수업 시간에 하는 짓이라고는 벌떡 일어나 개처럼 헐떡거리거나 선생을 엿 먹이는 일 뿐이었다. 특히 두 번째에 있어서는 완전히 취미를 붙인 것처럼 보였다. 예컨대 영어 시간에 이런 일이 일어났다. 모든 남학생이 사모해 마지않는 초미녀 영어 선생님(26)이 수업 시간 내내 그녀의 머리카락이며 허리며 엉덩이, 다리를 핥듯이 쳐다보고 있던 진구의 시선을 견디지 못하고 마침내 투 부정사에 대한 질문을 했다. 진구의 대답은 이랬다.

"너랑 퍽fuck 하고 싶어."

선생은 잠깐 긴 속눈썹을 나비처럼 파닥거리더니 고운 목소리로 반문했다.

"뭐라고 했어요?"

그 말에 진구는 자리에서 일어서서 뚜벅뚜벅 교탁으로 다가갔다. 그러곤 선생의 머리채를 낚아채서 허리를 휘어지게 만들고는 엉덩이에 자신의 하반신을 밀착했다.

"너랑 퍽 하고 싶다고. 시팔."

그녀는 비명을 지르며 도망갔고 영어 선생님은 코털이 무성한 유부남으로 바뀌었다. 그 일 외에도 그는 결벽증이 있어서 교탁에 수건을 깔아놓고 수업하는 수학 선생의 하얀 수건에 오줌을 쌌고, 썩은 입 냄새를 풍기는 사회 선생 시간에 방독면을 썼고, 음악 시간의 가창 시험에서 조피디의 〈마이 스타일〉을 불렀다. 가발을 쓴 바흐처럼 파마를 한 늙은 여선생은 빵점을 주었다.

이때까지만 해도 우리는 진구를 여전히 좋아했다. 그는 우리가 한번쯤 해보고 싶었던 일을 해주고 있었으니까. 영어 선생님은 이

성적으로 끌렸고, 수학 선생님의 하얀 수건에 토하고 싶었으며, 사회 선생님의 입 냄새에 마스크라도 쓰고 싶었고, 음악 선생님이 고상한 척을 할 때마다 한바탕 욕이라도 해보고 싶었으니까. 물론 선생들이야 치를 떨었겠지만. 차츰 진구처럼 되고 싶어 하는 아이들이 늘어났다. 방법을 묻는 녀석들까지 있었는데, 진구는 키득거리며 녀석들의 귀를 핥듯이 입을 갖다 대고 소곤거렸다. 그들은 붉어진 얼굴로 고개를 끄덕였다. 언젠가부터 체육 비품 창고 앞에 늘어선 줄을 볼 수 있었다. 남자고 여자고 할 것 없이 줄을 서서 차례를 기다리고 있었다. 안에서 어디선가 들어본 것만 같은 음산한 소리와 함께 야릇한 신음 소리가 끊이지 않고 들려왔다. 창고에 들어갔다 나온 녀석들은 점점 진구처럼 변해갔다. 학교에 나날이 어둡고 야한 분위기를 풍기는 학생들이 늘어났다. 게다가 별 괴상한 소문까지 다 돌았다. 진구와 아이들이 창고에서 하는 짓 말이다.

그들이 창고에서 포르노를 찍고 있다는 것이다.

그러던 어느 날 선미가 윤식에게 상담을 요청해왔을 때, 우리는 아주 난리가 났다. 잔치도 그런 잔치가 없었다. 윤식은 정말 괜찮은 녀석이었다. 녀석은 도움이 될 거라며 우리와 단체 상담을 주

선했던 것이다. 단둘이 만날 수도 있었는데 말이다. 눈치가 혼자
서 만나기를 두려워하는 것도 같았다.

역사적인 야간 자율 학습 전 쉬는 시간. 처음 입은 하복 차림으
로 두근거리며 등나무 아래 서 있을 때 저 멀리서 다가오는 선미
가 보였다. 그 옷맵시라니. 남자란 남자는 다 녹여버릴 기세였다.
단지 교복일 뿐인데 말이다. 눈이 부셔 제대로 쳐다보지도 못하고
있는데 어느새 다가온 선미가 윤식에게 말을 걸었다.

"얘들이니?"

윤식이 대꾸했다. 부들부들 떨리는 목소리였다. 그녀에게 완전
히 압도된 것이었다. 그래서 혼자서 만나는 게 두려웠던 게지.

"어, 어. 괘, 괜찮아?"

도리어 선미가 윤식을 걱정해야 할 분위기였으나, 그녀는 고개
를 한 번 끄덕하고는 역시나 개조하여 줄여 입은 앙증맞은 교복
치마 주머니에서 담배를 꺼내더니 불을 붙였다. 연기를 빨아들이
니 가느다란 목에 골이 생기며 붉고 도톰한 입술에서 하얀 연기가
뿜어져 나왔다. 우리는 정신이 혼미해질 지경이었다. 담배를 피우
면서도 저렇게 우아할 수가 있구나 하고. 제일 먼저 정신을 차린
태석이 잽싸게 말했다.

"뭐 좀 사다 줄까? 딸기우유?"

선미는 가만히 고개를 저었다.

"그런 건 됐고."

한동안 선미는 말없이 담배만 피다가 이윽고 말했다.

"요즘 창고에서 무슨 일이 일어나고 있는 거니?"

우리는 선미가 그곳에 얼씬도 해서는 안 된다고 간절히 원하면서도 어떻게 말을 꺼내야 할지 몰랐다. 민수가 대뜸 말했다.

"그건 왜 물어봐? 너도 가보게?"

선미의 표정이 미묘하게 바뀌었다.

"그냥. 궁금해서. 다른 애들이 말하는데 그렇게 좋대. 예전하고는 비교도 안 되게 겁도 안 나고 기분도 날아갈 것 같대. 더 이상 성적에 신경 써야 한다는 압박감도 없고 있는 그대로 자기 자신이 만족스럽대."

우리는 진구가 더 멋있어졌다고 생각했고, 관심을 갖고 있었지만 녀석처럼 되고 싶다고까지 여겨지는 않았다. 예전에는 공부를 잘해서 부러워했지만 이제는 그저 날라리일 뿐이었다. 진구는 나날이 특이해져 갔다. 그러던 어느 날 사건이 터졌다. 진구가 누군가를 물어뜯은 것이다. 그뿐만 아니라 먹어버린 것이다. 다름 아닌 선생을 말이다. 상대는 코털이 무성한 영어 선생님이었다.

그날 영어 시간이 되어 선생이 회화 동영상을 틀자, 진구가 일어나서는 그것을 빼내고 새로운 테이프를 꽂았다. 그제야 우리는 소문으로만 듣던 창고 포르노의 진상을 확인할 수 있었다. 처음에는 저게 뭐라고, 하며 보았다. 화면의 시작은 웃겼다. 창고 안에서 둥글게 원을 만든 아이들 가운데 진구가 서 있었다. 곧 진구가 말했다. 사치기사치기삿사뽕. 사치기 놀이였다. 사치기 놀이는 한 사람을 정해, 그 사람이 하는 동작을 달리기의 바통 터치를 하듯이 다음 사람, 그다음 사람이 계속 이어서 하는 것으로, 시작하는 사람만 계속 다른 동작을 만들어내고 다른 사람은 앞의 사람 행동을 따라만 하면 되었다. 그렇게 움직이며 입으로 쉼 없이 사치기사치기삿사뽕이라고 해야 하는데, 처음엔 쉬워도 점점 앞사람의 동작을 따라 하는 것도 계속해서 다른 동작을 하는 것도 헷갈리고 힘든데 말까지 해야 하므로 진땀을 흘리며 웅얼거리게 된다. 그래도 아무 생각 없이 남을 따라 하며 똑같은 말을 외우기만 하면 되었기 때문에 무아지경으로 만드는 묘한 매력이 있어 인기 만점의 놀이였지만, 시작하는 사람이 사치기를 외우는 2초 간격으로 계속 새로운 동작을 만들어낼 정도로 창의력이 있어야 하기 때문에 자주 하기는 힘들었다. 진구는 그 놀이를 시작하는 것이었다.

진구는 사치기를 외면서 가장 처음으로 꽤나 끈끈하게 자신의 온몸을 더듬었다. 그 모습이 느끼하면서도 대담함에 눈을 뗄 수가 없었다. 다음으로 녀석은 계속해서 동작을 넓혀갔는데 옆의 여자애에게 키스를 했다가, 가슴을 만졌다가, 귀를 핥다가, 다음으로 물어뜯는 식으로 화면은 점점 하드고어 포르노 무비가 되어갔다. 한층 음산하게 들려오는 사치기의 중독적인 주문과 함께 신음 소리가 서라운드로 교실 방방곡곡에 울려 퍼지자 흥분해 몸을 꿈틀거리는 녀석이 있는가 하면 바지의 것을 꺼내 자위하는 녀석까지 있었다. 도중에 서로를 물어뜯거나 마구 찌르고 싸대는 통에 화면에 온통 피와 정액이 튀어 스플래터 무비 수준이었다. 그런 식으로 진구 바이러스가 전염되고 있었다. 굉장한 수업이었다. 참다못한 영어 선생이 고함쳤다.

"박진구. 저거 당장 빼!"

일어선 진구는 볼륨을 더욱 높였다. 선생이 손찌검을 하려 하자 진구가 와락 달려들었다. 교내를 울릴 정도로 커다란 비명과 동시에 진구는 그에게서 떨어졌고, 선생의 볼에서 분수 같은 피가 솟았다. 진구는 입가에 선혈이 낭자한 채 섬뜩할 정도로 생생한 빨간 고깃덩어리를 물고 있었다. 꼭 떨어진 볼살만큼이었다. 예전의 녀석은 셰익스피어도 좋아했다. 특히 『베니스의 상인』을 좋아한 모양이었다. 뿐만 아니라 씩 웃으면서 고깃덩어리를 입에 넣고 질겅질겅 씹기까지 했다. 시퍼런 안색의 아이들은 히죽댔으나 대부분의 학생들이 일제히 비명을 지르며 가방도 놔두고 도망가서 다시는 돌아오지 않았다. 우리는 자리에 얼어붙은 채였다. 영상의 말미에 등장한 굉장한 몸매의 소녀 때문이었다. 우리의 천사, 선미였다. 우리는 아지트에 모여 부둥켜안고 울었다. 주먹으로 눈물을 닦으며 윤식이 울먹거렸다.

"그 새끼. 죽여버리겠어."

잠시 후 민수가 말했다.

"이미 죽은 애를 또 어떻게 죽여?"

진구는 점점 더 막나갔다. 다음 날 점심시간에는 밥 대신 그의 오른팔이던 구정웅의 왼팔을 떼 먹었고, 더 이상 참다못한 교장이 그를 불러들였다. 이미 담임은 진구를 겁내고 있었고 교장도 마찬가지였지만 구정웅의 아버지가 조직 폭력배라는 후문이 있었기 때문에 어쩔 수 없었던 것이다. 교장실에 불려 갔던 진구는 영웅처럼 당당하게 돌아왔다. 그의 상담 일화는 풍문으로 전해졌다.

교장이 부모를 불러오라고 하자 진구는 이렇게 말했다.

"그런 것 따위 모르는데요."

어떻게 학교 친구와 선생님을 뜯어 먹을 수 있느냐는 말에 이렇게 말했다.

"왕따나 체벌보다는 낫잖아요?"

화가 머리 꼭대기까지 난 교장이 노발대발하며 죽고 싶으냐고 하자 이렇게 말했다.

"더 이상 그런 걱정은 안 합니다."

이 전설과도 같은 일화로 체육 비품 창고 앞에는 순번 발급기가 들어섰다. 진구의 숭배자가 은행에서 훔쳐온 거라고 하는데 그곳의 직원들도 어떻게 되었을지 대충 짐작이 갔다. 지금쯤 고객들을 물어뜯고 있을지도 모른다. 번호표를 뽑은 아이들은 수업 시간 중에도 방송실을 장악한 구정웅이 번호를 부르면 후다닥 튀어 나가고는 했다. 선생들은 외면할 뿐이었다. 학교가 망해가고 있었다. 학생 하나에 모든 것이 좌지우지되고 있었으니 말이다.

진구의 부모는 아들이 이 지경이 되도록 뭘 하나 싶어 우리는 진구네 집에 가보기로 했다. 으리으리한 폐쇄형 주택이었다. 찾아간 우리가 아들의 이야기를 꺼내자, 어머니는 눈물을 흩뿌리며 오열했고 아버지는 윤식을 붙들고 죽은 애 가지고 장난치는 거 아니라는 둥 애새끼들이 벌써부터 어른을 놀리면 못쓴다는 둥의 소리를 하고 우리들을 쫓아냈다. 진구의 아버지가 소금을 뿌리는 것을 보며 태석이 말했다.

"집에서도 모르나 봐. 어떻게 된 거지?"

놈은 대체 어디서 지냈단 말인가. 진구의 집에서 나온 우리는 두려우면서도 강한 척을 하며 서로에게 떠밀리듯 한곳으로 향했다. 묘지였다. 장례식 날, 반 애들도 묘지까지 따라갔기 때문에 위치를 알고 있었다. 경기도의 어느 야산에 도착했을 때는 이미 달이 휘영청 떠 있었기 때문에 두려움은 배가되었다.

서로를 찌르면서 간신히 묘에 도착하기는 했지만 있는 것이라
고는 비석뿐 무덤의 주인은 이미 관을 박살낸 뒤에 흙을 마구 파
헤친 후 사라지고 없었다. 그럼 놈은 대체 어디서 학교에 다닌단
말인가. 우리는 길게 늘어진 그림자만큼 지친 걸음으로 집으로 돌
아왔다. 윤식이 말했다.

"그놈 말이야. 정말 진구일까?"

"진구처럼 생겼으니까 진구겠지."

"그렇지도 않은 것 같아. 분명 진구처럼 생겼지만 진구가 아니
야. 피부만 봐도 열여덟의 것이 아니야. 시퍼런 데다가 군데군데
살갗이 벗어져서 너덜거리고, 안에 뼈까지 들여다보이던걸."

"그래도 잘생긴 건 여전해."

"썩을 놈. 죽어서까지 멋지다니."

그때 윤식이 자리에 우뚝 멈춰 섰다.

"실제로 본 건 처음이다."

내가 무슨 뜬금없는 소리냐는 듯 반문했다.

"무슨 말이야?"

"놈 말이야. 비슷하지 않냐? 그것들은 누더기처럼 비틀거리면
서 아무것도 기억하지 못하고, 으으 하는 신음 소리나 내지만 말
이야."

잠시 후 우리는 입을 모아 외쳤다.

"좀비!"

"맞아. 정말 그런 것 같아."

"죽었다 살아났다는 것부터가 그래."

그때 민수가 말했다.

"하지만 그들은 기억을 잃어버리지 않았나?"

"그러게. 그런데 진구는 그렇지도 않고 말만 잘하잖아?"

"비틀거리지도 않고 오히려 예전보다 힘까지 세졌는걸."

"신종 좀비인가?"

잠시 후 태석이 말했다.

"어쨌든 놈을 더 이상 진구라고 부를 수는 없어. 하지만 진구처럼 생겼으니까, 영어의 소유격으로 진구의 것이라는 의미의 진구스라고 부르자."

"진구스. 그거 말 되는데."

"진구스."

"진구스."

우리는 웃으며 어깨동무를 하고 달려갔다. 텅 빈 밤거리에 울려 퍼지는 웃음소리는 명랑하면서도 무서웠다. 웃고 있지만 속으로는 벌벌 떨고 있는 우리의 마음 상태를 대변하듯이. 밤새 잠이 오지 않았다. 어떻게 좀비와 함께 학교를 다닌단 말인가. 그때부터 우리의 입에서 입으로, 반에서 반으로, 전교로 소문이 퍼져나갔던 것이다.

　우리 반에 좀비가 등교한다고.

　결국 우리는 하교하는 진구스를 미행하기로 했다. 들킬 염려도
없었다. 학교에서 내내 함께 수업을 들을 때는 몰랐는데, 밖에 나
와보니 시체 썩는 냄새가 장난이 아니었다. 몸을 숨긴 채로 하이
에나처럼 놈의 냄새를 따라갔다. 놈을 따라 다른 놈들이 몰려들었
다. 아홉 명이 된 그들은 곤봉을 휘두르는 진구스의 지휘 아래 쇼
윈도를 박살내고 행인을 물어뜯고 닥치는 대로 부수고 지나갔다.
홍해를 가르는 모세와 이스라엘 백성들처럼 의기양양하게 걸어가
던 그들은 신고를 받고 출동한 경찰들에게 쫓기다 반격해 두들겨
패고는 차를 훔쳤다. 갈지자로 질주하는 그들을 따라 우리도 얼른
택시를 잡았다.

　길은 왠지 낯익었다. 서울 토박이인 데다 여행 경력도 없는 우
리고 보면 수학여행이나 소풍 때 간 적이 있는 곳인 모양이었다.
어스름 무렵 도착한 곳에서 내린 놈들은 여기서 만나자는 신호라
도 보내듯 차에 불을 붙였다. 불붙은 차가 폭발했다. 우리는 조금
떨어진 곳에 내렸다. 넷이서 돈을 모았는데도 오천 원 정도가 모
자라자 택시 기사는 도로에 침을 뱉고 폭주해서 돌아갔다. 화염에

휩싸인 도로 위에 남은 시체 냄새를 맡을 수 있었다.

잔향을 뒤따라 산을 올라가는데 태석이 말했다.

"야, 이제 알겠다."

"뭘?"

"여기. 봄 소풍 때 왔던 데잖아."

"아!"

과연 그랬다. 멀리서 폭포수 쏟아지는 소리가 들렸다. 산 중턱에 동굴 폭포가 있고, 폭포를 지나 옥외 화장실과 공터가 있었다. 화장실에서 일이 일어났었지. 이곳은 말하자면 진구스의 탄생지였던 것이다. 여기가 놈들의 아지트인가. 어두운 동굴 앞에서 우리는 얼어붙은 채 쭈뼛거렸다. 누군가 앞장서 주기를 바랐지만 한 치 앞도 볼 수 없는 가운데 무섭게 물 떨어지는 소리가 들려오는 시커먼 어둠의 아가리 속으로 들어가고 싶은 녀석은 맹세코 하나도 없었다. 이대로라면 날이 새도록 이 앞에 서 있을 것 같았다. 속으로는 오줌을 지릴 만큼 무서우면서도 나는 배에 힘을 주고 말했다.

"가자!"

내 말에 녀석들도 간신히 발을 움직였다. 우리는 어둠 속으로 들어갔다. 한 발짝. 한 발짝. 멀리서 희미한 달빛이 보이던 순간 누군가 끔찍한 비명을 질렀다. 누군지 알아볼 겨를도 없이 혼비백산하여 들어온 입구를 향해 줄달음을 쳤다. 단숨에 산 아래로 내려온 우리는 터질 것 같은 심장을 움켜쥐며 서로를 쳐다보았다.

셋뿐이었다. 태석이 없었다. 우리는 숨을 채 고르기도 전에 모골이 송연해지는 것을 느끼며 목청을 돋워 외쳤다.

"태석아!"

"노태석!"

들려오는 것이라고는 반복되는 메아리뿐. 우리는 부들부들 떨며 차도를 따라 걸었다. 시골이라 버스도 없어서 몇 번이나 히치하이킹을 시도한 끝에 목재를 싣고 가던 덤프트럭 운전사가 우리를 태워주었다. 그는 우리들에게 몇 살이냐고 물었고, 괜히 잔소리까지 듣고 싶지 않았던 나는 스물이라고 했다. 그 말에 운전사는 내 등을 쾅 하고 내리치며 뒷좌석을 뒤지더니 술병을 꺼내 권했다. 그러곤 다른 녀석들에게도 돌리라고 했다. 우리는 만취 상태로 서울에 떨어졌다. 이게 꿈인가 생신가 싶었다.

술에 취해 잠든 다음 날. 숙취로 띵한 머리로 등교하니 실감이 났다. 태석이 오지 않았다. 그 일이 진짜로 일어났던 것일까. 담임은 우리에게 태석에 관해 물었지만 우리는 서로 대답을 회피했다. 휴대폰 문자도 보내보고 쉬는 시간에 집에다 전화도 걸어봤지만 아무도 받지 않았다. 태석의 부모는 둘 다 교수로 맞벌이 부부고 매우 바쁘며 사이도 좋지 않아서 집을 호텔처럼 여긴다고 했다. 실제로 가본 집도 호텔과 비슷했다.

문제는 진구스도 등교하지 않았다는 점이었다. 대신 형사가 왔다. 어제 그들이 교복 차림으로 난장을 부린 탓이었다. 진구스의 사진을 들고 교내를 돌며 질문을 하던 형사는 이내 패닉상태에 빠졌다. 용의자가 너무 많았던 것이다. 형사는 교장에게로 가서 물었다. 학생들이 왜 이러냐고. 교장은 대답을 회피하며 잘 모르겠다고 했다. 형사는 혀를 차며 돌아갔다. 안절부절못하던 우리는 결국 수업도 끝나기 전에 담을 넘어 어제의 노정을 되밟았다. 끔찍이 싫었지만 하는 수 없었다. 동굴 앞에 도착해서도 아직 날이 밝았기 때문에 다소 안심하며 들어갔다. 안은 컴컴하기는 했지만 서로 대충 알아볼 수 있을 정도는 되었다. 우리는 흠칫흠칫 놀라며 동굴 반대편에 도착했다. 석양 아래 솟은 옥외 화장실이 보였다. 벌써 또 이렇게 시간이. 오기는 왔는데 이제 어쩐다. 그때 민수가 저 먼 곳을 가리켰다. 전에 미처 발견 못했던 집 한 채가 서 있었다.

집은 아담한 이 층 건물이었다. 하얀색 페인트로 칠해져 있었고, 일 층에는 문이 없고 바로 이 층으로 올라가는 나무 계단이 나 있었다. 우리는 앞서거니 뒤서거니 하며 올라갔다. 벨을 눌렀지만 응답이 없었다. 날은 급속도로 어두워지고 있었다. 조바심에 쾅쾅

두드리자 문이 제풀에 열렸다. 우리는 의아해하며 조심스레 안으로 들어섰다.

안도 어둑어둑했다. 겨우 어둠이 눈에 익었을 즈음에야, 폐가라는 것을 깨달았다. 다 있기는 있었다. 부엌도 식탁도 가구도 방도. 다만 모든 것이 금방 무너져 내릴 것 같았으며 발이 닿는 곳마다 마루가 삐걱거리는 소리가 났다. 조마조마해하며 걸음을 옮기다 결국 나가려던 순간 민수가 귀를 쫑긋 세우며 소곤거렸다.

"무슨 소리 안 들려?"

우리는 숨을 죽이고 귀를 기울였다. 과연 어디선가 희미한 소리가 나기는 했다. 찰캉찰캉. 가볍게 쇠사슬을 당기는 소리였다. 뭐지. 우리는 소리를 따라 천천히 아래로 내려갔다. 일 층은 창고 같았다. 바닥 한가운데 아래로 내려가는 계단이 나 있고 그곳에서 소리가 들려오고 있었다. 우리는 계단 앞에 섰다. 민수가 중얼거렸다.

"내려가야 하나?"

"으, 시팔."

하얗게 질린 서로의 얼굴을 바라보다가 윤식이가 말했다.

"혹시…… 태석이면?"

그랬다. 우리는 태석이를 찾으러 굳이 다시 이곳에 온 것이었다. 떨리는 걸음걸이로 계단을 내딛었다. 한 걸음. 한 걸음. 결국

다 내려오자 소리는 더욱 선명하게 들렸다. 우리는 조심조심 앞으로 나아갔다. 이윽고 저 멀리 반짝이는 쇠사슬이 보이고 익숙한, 아니 익숙하기를 바라는 실루엣이 보였다. 그 사람은 고개를 숙인 채로 쇠사슬에 매달려 있었다. 잠을 자고 있거나 기절한 것처럼 보였다. 조심스레 다가간 윤식이 말했다.

"야, 야. 노태석."

사슬에 매인 사람이 천천히 고개를 들었다. 다행히 우리가 바라던 사람이었다. 태석은 두 눈을 끔벅거렸다. 금방 잠에서 깨어난 사람처럼 매우 멍해 보였다.

"왔냐."

우리 역시 입을 헤벌리고 녀석을 쳐다보는데 태석의 눈동자가 커지며 입에서 덜덜 떨리는 목소리가 흘러나왔다.

"가…… 가라고…… 어서……."

목이 뻐근해질 정도의 공포를 느끼며 돌아보자 뒤에 서 있던 사람이 보였다. 바닥까지 끌리는 생머리에 누더기 같은 트렌치코트. 어이없을 정도로 큰 여자가 우리를 내려다보았다.

그 여자였다. 내가 그날, 화장실에서 훔쳐보았던 그 여자. 그 여자가 지금 여기 있었다.

여자가 앙상한 손가락으로 커튼처럼 가려져 있던 양쪽 머리카락을 들어 올리자 귀밑까지 찢어진 새빨간 입이 드러났다. 입속에 바늘처럼 뾰족한 이빨들. 나는 눈물을 흘리며 뒷걸음질 쳤다. 여자는 재빠르게 윤식을 거머쥐었다. 미안. 미안. 미안! 나는 뒤도 보지 않고 달렸다. 바닥이 우지끈 내려앉으며 정신없이 굴렀다. 눈을 떠보았더니 풀밭이었다. 저 멀리 옥외 화장실이 보였다. 어쨌든 집 밖으로 나온 것이었다. 뒤돌아본 나는 누군가 달려오는 소리를 듣고 미치광이처럼 동굴 폭포를 지나 산 아래로 내려갔다. 계속해서 달렸다. 도로에서 치일 뻔했다가 얻어 탄 차 안에서 심장이 입 밖으로 튀어나올 듯 두근거렸다. 운전석의 여자는 걱정스러운 표정으로 나를 보며 계속해서 질문했다.

"무슨 일이니? 이 시간에 왜 이런 데 있니? 꼭 귀신이라도 본 표정이네……."

다음 날 등굣길에서 익숙한 뒷모습을 보자 달려가 어깨를 쥐었다. 돌아본 민수는 흠칫 놀란 표정으로 내 얼굴을 확인하더니 안도의 한숨을 내쉬었다.

"경태 넌 무사했구나."

"너도. 다행이다."

우리는 더 이상 말하지 않았다. 한 마디라도 더 했다가는 그 여자에 대한, 트렌치코트 괴물에 대한 이야기가 튀어나올 것만 같았고 그것만은 절대로 말하고 싶지 않았기 때문이었다. 하루라도 빨리 잊고 싶었다. 아니, 아예 그런 것 따위는 존재하지 않는다고 말도 안 되는 소리라고 부정하고 싶었다. 하지만 우리는 이미 봐버렸던 것이다. 게다가 벌써 친구들이 셋이나 그것에게 당했다.

교문은 바리케이드로 봉쇄되어 있었다. 위에는 현수막이 붙어 있었다.

'전염병으로 인해 학교를 임시로 폐쇄합니다.'

경찰차가 몇 대나 서 있었고, 등교하려는 학생들을 만류하고 있었다. 정작 좀비들은 어찌하지도 못하면서 말이다. 우리는 그들을 뚫고 달려갔다. 우리에겐 아직 할 일이 남아 있었다. 부모도, 선생도, 경찰도 어쩔 수 없다면 이제 우리밖에 할 사람이 없었다. 교실 안에 들어선 우리는 진구스를 발견했다. 민수가 가방에서 뭔가를 꺼냈다. 큰 도끼로 나무를 팰 때 쓰일 법한 물건이었다. 묵직한 나무 손잡이 위에 시퍼런 날이 섬뜩하게 빛났다. 민수가 핏발 선 눈으로 나를 보았다.

"목을 치면 된대."

나는 침을 삼키며 고개를 끄덕였다. 책상에 엎드리고 있는 진구스에게 다가가 도끼를 휘두르려는 순간, 놈이 여전히 엎드린 채로 천천히 고개를 옆으로 돌리며 뭐라고 했다. 민수가 도끼를 허공에 들어 올린 채 얼빠진 얼굴로 반문했다.

"뭐라고?"

진구스는 차가운 목소리로 대꾸했다.

"어서 하라고."

"저, 정말?"

"그래."

예상치 못한 반응에 당황한 민수는 도끼를 든 채로 멍하게 서 있었다. 내가 되물었다.

"괜찮은 거냐?"

진구스가 대꾸했다.

"그래. 괜찮다. 씨팔. 괜찮다고! 나도 이제 지쳤다. 끝을 보고 싶다."

진구스는 정말 제정신처럼 보였기 때문에 민수는 아직도 망설였다. 진구스가 그르렁거렸다.

"뭐해, 이 멍청아! 하라고 할 때 빨리 해버리라고, 젠장."

"알았어. 그럼……."

그때 어느새 다가온 좀비들 중 하나가 와락 달려들어 민수의 목을 물어뜯었다. 민수가 비명을 지르자, 그 소리가 신호탄이라도 되듯 좀비들이 괴성을 내지르며 교실 밖으로 내달음질 쳤다. 교실에 남아 있는 것은 쓰러진 민수와 나, 그리고 진구스뿐이었다. 순간 우주에 홀로 남은 것마냥 외로워졌다. 이제 민수도 곧 좀비가 될 터였다. 아무것도 알 수 없는 채로 혼자가 되어버렸다. 천천히 일어난 진구스가 나에게 한 발 한 발 다가오며 말했다. 녀석의 존재감에 나도 모르게 슬슬 뒷걸음을 쳤다.

나는 민수의 손에서 도끼를 빼내 허공에 높이 치켜들었다. 두 손이 미친 듯이 떨렸다. 태어나서 지금까지, 아니 앞으로도 누군가를 죽일 일이 단 한 번이라도 있을까. 그게 설령 좀비라고 할지라도. 아직도 결단을 내리지 못하는 나를 진구스가 핏발 선 눈으로 노려보며 낮은 목소리로 또박또박 말했다.

"왜? 두렵냐? 사람을 죽이는 거 같아서? 안심해라. 난 너 원망 안 해. 그동안 진짜 즐겁고 후련했다. 반항을 위한 반항일 뿐이더라도 하고 싶었던 일을 실컷 했으니까."

"다, 닥쳐! 진구스! 이 좀비 새끼야!"

진구스는 살이 짓물러 커진 검은 눈을 번쩍이며 더욱 가까이 다가왔다.

"하! 나더러 방금 좀비라고 했냐? 그러는 넌 뭔데? 뭐 때문에 세상에 태어난 건 지 아냐?"

나는 더듬거렸다.

"그, 그건 부모님이 그러니까 같이 잤으니까."

진구스는 웃었다.

"그건 원인이고, 이유 말이다. 네가 이렇게 살아 있는 이유. 또 살아가는 이유."

내가 살아 있는 이유, 또 살아가는 이유. 대학, 직장, 결혼 등을 떠올려보아도 결국 궁극적인 이유라 할 만한 것은 없었다. 망설이는 사이, 진구스는 내 양볼을 두 손으로 확 잡더니 자신의 얼굴에 바싹 붙이며 말했다.

"내 눈을 봐. 그 이유를 보여줄게."

나는 부들부들 떨면서도 피할 곳이 없어 그가 시키는 대로 하는 수밖에 없었다. 그러자 시커먼 굴 같던 두 눈에 점점 희미하게 빛이 들기 시작했다. 빛은 더욱 넓게 퍼져나가더니 한 세계를 비추었다. 그 세계는 매우 광대하고, 어둡고, 찌를 듯이 높은 건물로 이루어진 세계였지만 쇠락해가고 있었다. 모든 건물들이 먼지구름을 일으키며 붕괴하고 있었다. 그 광경은 공허하고 우울하고 추웠다. 진구스의 목소리가 들려왔다.

"봐라, 이게 우리가 살아가는 이유다. 뭘 하건 모든 것은 죽고 사라지고 멸망하지. 우리가 살아가는 이유? 죽기 위해서지. 그것 말고 이 세계는 아무 의미도 없고 목적도 없다. 그러니까 부디 네 멋대로 살라고."

"다, 닥쳐!"

"듣기 싫어도 그건 변함없는 사실이지."

"닥치라고!"

두 눈을 질끈 감고 도끼를 내려쳤을 때 잘했어, 라는 말과 함께 뭔가 무거운 것이 바닥에 텅 하고 떨어지는 소리가 들렸다. 눈을 뜨니 검고 끈적거리는 피를 흘리는 몸뚱이가 책상 위에 엎어져 있는 것이 보였다. 나는 스스로도 알아들을 수 없는 동물적인 괴성을 내지르며 가방을 뒤져 집의 창고에서 가져온 전기톱을 꺼냈다. 그 와중에도 멀티 탭을 여러 개 연결할 정신은 있었다. 끝없이 긴 줄로 연결된 전기톱의 시동을 걸며 교실 밖으로 나섰다. 놈들이 아직 멀리 가지 않았기를 빌면서. 두 눈에서 눈물이 쉴 새 없이 흘러내리고 있었다.

이달의 친절 사원

오전 아홉 시 삼십 분. R 패밀리 레스토랑 조례 풍경. 매니저는 오늘도 강조했다.

"주문 직후부터 조리 완료까지 십오 분을 넘기면 안 됩니다. 십삼 분, 십사 분도 되지만 십오 분 이상! 절대로 안 됩니다! 데드 타임입니다."

고참은 심드렁하게 고개를 끄덕였지만, 일주일에 한 번 하는 조례에 처음 참가한 신참이라면 어깨가 졸아들게 마련이었다. 어째서요. 요리사란 충분한 시간과 노력을 들여서 천천히, 정성을 다해 최대한 맛있는 요리를 만드는 사람이 아니었던가요? 이런 표정을 짓자 매니저는 비웃음을 흘리며 손가락으로 신참의 어깨를 꾹꾹 찔렀다.

"착각은 버리세요. 요리사란 재료를 고르고 다듬는 과정에서부터 주문에서 조리까지 모두 담당하는 사람을 뜻한다는 걸 알아야 합니다. 한마디로 전문가죠. 그렇다면 당신은? 일개 조리사일 뿐이죠. 재료 고르는 거? 우리가 합니다. 사는 거? 역시 우리가 다 알아서 하지요. 그게 어디서 어떤 경로를 통해 산 것인지는 알 거 없고, 그저 그것이 신선해 보이고 먹을 수 있으며 요리에 필요한 것이라면 세세하게 따질 필요 없잖아요? 당신은 그저 주문을 받고 정해진 레시피 대로 신속하게 썰고, 굽고, 튀기고, 볶아내면 되는 겁니다. 오케이?"

신참은 사기라도 당한 표정을 지은 채 고개를 끄덕였다. 매니저는 박수를 치며 말했다.

"어제 명동점 매출이 2억을 넘겼다고 합니다. 우리도 질 수 없잖아요? 모두들 기억하겠지만 지난달 매출은 5천만 원이었습니다. 여덟 개 점포 중 꼴찌죠! 물론 개장한 지 6개월 밖에 되지 않은 백화점 안에 있다는 핸디캡을 무시할 수는 없겠지요. 하지만 그것이 여러분들의 업무 태만 때문이라면 넘어갈 수 없는 일입니다. 유니폼 차림으로 고객 화장실을 이용하며 노닥거리는 직원들이 있다더군요. 적발 시 넘어가지 않을 테니까 모두들 알아서 금

하도록 하세요. 자, 구호를 외치며 조례를 마치겠습니다. 십오 분을 넘기지 말자! 넘기면 죽음이다!"

열 명이 조금 넘는 직원이 주먹을 쥐고 구호를 외쳤다. 모여 있던 음식 창고 앞에서 흩어져 매장으로 들어가려는데 매니저가 말했다.

"아. 그리고 오늘 멕시칸에 신입 투입될 거니까, 담당은 친절하게 교육시키도록 하세요."

매니저는 유리나를 보았다. 그녀의 희고 작은 얼굴이 일순 굳었다. 삼삼오오 담당 코너로 들어가는 조리사들과 함께 유리나도 밖으로 나왔다. 매장으로 들어서자 회색 시멘트 바닥이 황토색의 타일로 변하며, 창백하던 형광등 불빛이 부드러운 노란 백열등으로 바뀌었다. 유리나가 속한 멕시칸 코너는 가장 가까이 위치해 있었다. 유럽 빈티지 스타일로 꾸며진 벽돌색 주방으로 들어선 그녀의 호리호리한 몸이 자연스럽고 능숙하게 움직였다.

개장 준비를 하던 유리나는 프라이팬을 들여다보고 있는 여자를 발견하고 깜짝 놀랐다. 개방형 주방이라 간혹 안으로 들어오는 손님들이 있었다. 그녀는 반사적으로 외쳤다.

"손님. 여기 들어오시면 안 됩니다! 죄송하지만 나가주세요."

여자는 조용히 눈을 깜빡거리더니 말했다.

"저, 신입인데요."

유리나는 멈칫했다. 문득 떠오른 것은 매니저가 말한 '친절하게'였다. 내가 뭘 어쨌다고. 유리나는 입술을 깨물었다. 멕시칸 코너에 유달리 전입이 잦은 까닭은 일단 신입이 가장 많이 들어오기 때문이었다. 멕시칸은 일종의 관문이었고, 이곳을 통과하거나 떨어져나가거나 둘 중 하나였다. 다섯 명이 관두기도 했지만 열 명이 넘는 신입이 이곳을 거쳐 다른 코너로 갔다. 요리 관련 학과를 졸업했거나 관심이 많고 일솜씨가 좋아 금방 능숙해지는가 하면, 전혀 무관한 전공에 무경험도 있었다. 만성적인 인력난에 허덕이는 터라 한마디로 '다 받아주어라'였다.

활짝 개방된 문으로 별의별 인간들이 다 들어왔다. 입사한 지 일주일이 되면 안전 교육을 하는데, 조리를 하다가 자기 손가락을 썰거나 동료 팔뚝을 튀길 수도 있고 머리를 삶아버릴 수도 있다는 내용을 들은 신입은 알아서 잠수를 타버렸다. 첫 월급만 챙기고 유니폼도 반납하지 않고 튄 신입도 있었다. 그때마다 레스토랑 측에서는 교육에 들인 시간과 돈이며 전반적인 손실에 대한 화살을 모두 유리나에게 돌렸다. 창립 멤버인 그녀는 어느새 교관 역할을 떠맡고 있었는데, 천성적으로 남에게 야단을 맞는 것도 치는 것도 꺼리는 그녀로서는 고역이었다. 하지만 혼날까 봐 못 하겠다고 할 수도 없었다. 결국 울며 겨자 먹기로 하고 있었으나 그녀의 속도 모르는 신입은 계속해서 꾸역꾸역 들어왔다. 유리나는 자신을 빤히 보는 신입에게 말했다.

"그래요? 그럼 매니저실로 가보세요. 유니폼 받아서 입고 매장으로 와요."

여자는 꾸벅 인사하고 안으로 들어갔다. 그녀가 사라지자마자 유리나는 후 하고 한숨을 내쉬었다. 이번에는 알아서 잘해주면 좋으련만. 유리나는 다시 일을 했다. 음식 창고에서 재료 통을 들고 부엌으로 들어서던 경미가 말했다.

"방금 나간 추녀가 신입?"

"그렇다던데."

유리나가 퀘사디아에 들어갈 돼지고기를 다지고 있을 때 민화가 주방으로 들어섰다. 예쁘장한 얼굴에 미안한 미소가 화장처럼 번져 있었다.

"언니들, 미안! 또 늦잠을 자버렸네."

민화에게서 술 냄새가 훅 끼쳤다. 경미는 초벌구이 닭다리를 든 채로 외쳤다.

"여기가 해장국집이냐! 술 냄새가 진동을 한다, 진동을 해."

유리나는 찡그린 미소를 지으며 대꾸했다.

"괜찮아. 평일이라서 손님도 별로 없을 거야."

민화는 주방을 둘러보았다. 유리나와 눈이 마주치자 배시시 웃

다가 멈췄다. 민화의 시선이 멈춘 곳에 신입이 서 있었다. 흰 모자
와 유니폼 셔츠, 검은 바지에 앞치마를 두르고 안전화를 신은 신
입은 방금 전에 본 여자가 분명했다. 신입은 고개를 숙였다.

"안녕하세요. 박새미라고 합니다."

낮고 무뚝뚝한 목소리였다. 민화가 소리 없이 말했다. '또 신입
이야?' 유리나가 고개를 끄덕이자 민화가 흐음 하고 팔짱을 꼈다.
유리나는 상냥하게 대꾸했다.

"난 주유리나. 얜 이민화. 여긴 황경미. 요리는 해봤어요?"

새미는 그녀를 똑바로 쳐다보며 고개를 저었다. 흰 유니폼을 입
으니 검고 지저분한 피부가 돋보였다. 모자 안에 머리칼을 넣어
울퉁불퉁한 턱도 드러났다. 전반적으로 해 질 녘 폐허를 연상시키
는 얼굴. 유리나는 들고 있던 칼로 주방 구석을 가리키며 말했다.

"그럼 오늘은 케밥부터 가르쳐줄게요. 저기 가 있어요."

새미는 칼날을 바라보았다. 연한 갈색 눈동자에 빛이 서렸다.
섬뜩한 순간 그녀는 유리나를 스쳐 지나갔다. 전등 아래에 선 모
습을 보니 묘하게 기분이 나빴다. 외모 때문에 선입견을 가지지는
말자고 다짐해도 거슬리는 건 어쩔 수 없었다.

한 시간가량의 준비가 끝났다. 백화점 개장과 동시에 손님들이
들어왔다. 그들은 입구에서 알프스 소년 소녀 차림인 서버들의 안

내를 받아 홀에 앉았다. 그러고는 모두 다섯 개인 코너를 돌며 음식들을 골랐다. 홀에서 나오자마자 있는 음료수 코너에서 시작해 복도를 따라 원형으로 멕시칸, 스시, 베이커리를 지나 가운데 위치한 퓨전 요리 코너로 끝맺는 게 정석이었다. 대개 퓨전 요리 코너에서 롤이나 볶음밥을 시키고, 멕시칸과 스시에서 택일해서 자리에 앉았다. 패스트푸드점보다는 메뉴 선택 시간이 길지만 대개 십 분 내에 선택이 끝났다.

가장 먼저 나오는 것은 당연히 음료. 조리 시간도 짧고 간편해서 직원도 한 명뿐으로 주로 파트타이머들이 맡았다. 다음으로는 스시. 삶은 재료를 데우거나 생것을 썰기 때문에 주로 두 명이 일했는데 칼 다루는 것이 위험해서 직원 교체 빈도수가 높았다. 멕시칸의 빠른 메뉴라면 닭다리 케밥으로, 주문 즉시 제공되어서 젊은 층이 선호하는 편이었다. 다른 메뉴인 스파게티와 오븐 요리는 더 시간이 걸렸다. 멕시칸은 초보의 관문으로 힘든 점이라면 2톤이 넘는 오븐이 뒤에 있고 불을 다루어야 하기 때문에 기름땀이 줄줄 흐른다는 것. 중심이 되는 퓨전 요리는 안정적 멤버를 보유하고 있었다. 조리도 복잡하며, 주문이 많아서 조리사 수도 많다. 번외로 베이커리가 있는데 자격증 필수였고 주문이 적었다.

이 다섯 코너의 불문율이라면 매니저가 인이 박이도록 말하듯 십오 분을 넘기면 안 된다는 것. 요리가 나오면 조리사들은 시골

장터라는 레스토랑 콘셉트에 맞게 농부처럼 힘차게 목청을 뽑아 외친다. '골든 롤 나왔습니다!' 주문한 손님들이 요리를 찾아간다. 가족 혹은 연인, 친구와 이곳을 찾은 손님들은 최단 이십 분에서 최대 한 시간까지 머무를 수 있다. 한 시간이 한계인 까닭은 접시를 비우는 족족 서버들이 치워버리기 때문이고, 삼십 분 간격으로 돌아가는 음악을 세 번째로 들으면 저절로 진저리가 나며 자리를 박차고 일어서게 되기 때문이었다. 백미는 마지막에 흘러나오는 요들송이랄까. 두 번 이상 들으면 정신이 이상해지는 것 같은데, 유리나는 하루에 기본 열 번에서 최대 스무 번까지 듣자니 처음엔 미칠 지경이었지만 이제 남편의 잔소리를 무시하는 아내처럼 달관의 경지에 올랐다.

평일인데도 오전부터 유독 바쁜 날이었다. 사람이 많아서가 아니라 불평불만을 늘어놓는 고객들이 많아서였다. 고기가 너무 타거나 덜 구워졌다고, 사워크림이 쉰 것 같다거나 구아카몰 소스가 입에 맞지 않다거나, 스파게티가 고무줄 같고 라자냐가 기름으로 흥건하다는 등 때론 사실이고 때론 변덕에 불과한 생떼였으나 모두 네, 네 하며 들어주는 수밖에 없었다. 피치 못할 경우 환불해주기도 했다. 어차피 불만이 있다고 이곳으로 올 때부터 고객이 이긴 싸움이었으므로 작은 불씨일 때 빨리 꺼버리는 것이 현명했다.

한숨 돌렸을 때는 벌써 오후 한 시였다. 유리나는 민화에게 점심을 먹으러 가라고 말하려다 신입의 존재를 깨달았다. 그녀는 놀랐다. 보통 때는 신입이 몇 번이나 거슬리는데. 새미는 우두커니 민화 뒤에 서서 구경하고 있었다. 유리나는 황당했지만 자신이 일을 가르쳐주지 않았다는 것이 떠올라 새미에게 말했다.

"점심 먹고 와요. 식당은 안으로 들어가면 탈의실 맞은편에 있어요. 삼십 분 뒤에 오세요."

새미는 고개를 끄덕이고 안으로 들어갔다. 비프 화이타를 오븐에 넣고 민화도 밥을 먹으러 갔다. 남은 경미는 작업대 청소와 설거지를 하고, 유리나는 손님이 오는 것을 살폈다. 오븐에서 불판을 꺼내 '비프 화이타 나왔습니다!' 하고 외친 유리나는 요리를 보았다. 맛 좋은 냄새와 함께 김이 모락모락 나는 화이타는 할로겐 조명 덕분에 한층 산뜻하고 감각적으로 보였다. 요리를 가지러 온 손님에게 불판에 대한 주의를 주고 시계를 보았다. 두 시. 당분간 손님이 없다가 다섯 시가 넘으면 몰려들 것이다.

새미가 돌아오자 유리나가 말했다.

"케밥 가르쳐줄게요. 일단 손부터 씻고. 조리의 기본은 청결이에요."

손을 씻은 새미는 케밥 코너로 다가왔지만 유리나가 설명을 하는 동안 멀거니 보고 있을 뿐이었다. 꼭 선생에게 불려온 고등학생 같았다. 가는 눈초리로 새미를 가만히 보던 그녀는 사회 경험이 없나 싶어 물었다.

"몇 살이에요?"

"스물 넷요."

'그 얼굴에 동갑? 말도 안 돼' 하는 표정을 짓던 유리나는 새미가 보자 당황해서 웃었다.

"하하…… 나랑 같네. 말 편하게 해."

"선배님이신데 어떻게."

"그래, 알아서 해."

이때 민화가 돌아와서 유리나는 손을 씻고 경미와 밥을 먹으러 갔다.

탈의실 맞은편에 있는 직원 식당으로 들어서자, 구수한 밥 냄새가 풍겼다. 경미가 두 팔을 벌리며 외쳤다.

"아, 난 세상에서 밥 냄새가 제일 좋아. 중독된 거 같아!"

유리나도 맞장구쳤다.

"어떻게 매일 먹어도 질리지가 않지?"

빙긋 웃은 유리나와 경미는 식판을 들고 통에 담긴 음식들을 보았다. 레스토랑에서 일하면 남은 재료로 만든 요리를 먹을 거라고 짐작들을 했지만 그렇지 않았다. 아무리 양식을 좋아해도 종일 냄새를 맡고 있으면 질려버려서 공짜로 줘도 싫었다. 경미 말대로 밥이 최고. 늘 같지만 날마다 조금씩 다른 한식을 식판에 담은 유리나와 경미는 나란히 앉았다. 한참 밥을 먹던 경미가 아야, 하는 소리를 내며 숟가락을 떨어뜨리고는 오른손을 부르르 떨었다. 유리나는 걱정스러운 얼굴로 물었다.

"또 손목이 그래?"

"으…… 괜찮아. 까짓 거."

손목터널증후군 때문이었다. 경미를 잘 모르는 사람들은 그녀가 게으르고 무신경해서 뚱뚱하다고 오해했지만 실은 통증 때문에 스테로이드제를 많이 복용해서 급격히 체중이 불어난 것이었다. 유리나보다 한 달 뒤에 들어온 경미는 처음보다 15킬로그램이나 몸무게가 늘었다. 유리나는 안쓰러운 얼굴로 경미를 보았다. 경미를 보면 '뚱뚱한 여자 속에는 가냘픈 또 다른 여자가 살고 있다'는 말이 떠올랐다. 그들은 밥을 먹고 자리로 돌아갔다.

제대로 손 타는 날인지 저녁까지 말썽이 끊이지 않았다. 신입을 세세히 가르치는 건 내일 해야 할 것 같았다. 급하게 마무리를 했을 때는 벌써 저녁 아홉 시였다. 주방 청소를 마친 조리사들은 탈의실로 가 옷을 갈아입었다. 뻐근한 어깨를 돌리던 경미가 새미에게 물었다.

"우린 전철 탈 건데, 너는?"

"아. 전 약속이."

새미는 그들 사이로 걸어갔다. 콤팩트로 얼굴의 기름기를 잡아내던 민화가, 오렌지색 머리칼을 부풀리면서 말했다.

"피곤하지도 않나? 숙취 때문에 아직도 속이 메스꺼워."

경미가 혀를 차며 말했다.

"남 말 하시네. 너야말로 지치지도 않냐?"

"지칠 게 뭐가 있어? 연애야말로 여자의 빛이라고 빛! 만남을 부드럽게 하는 데 있어 술만큼 좋은 게 또 어디 있나. 자. 그럼 나도 데이트, 데이트. 가련한 솔로들이여, 안녕!"

경미가 민화에게 주먹을 날리자마자 문이 탁 하고 닫혔다. 조용히 있던 유리나는 쓴웃음을 지었다. 정말이지 피곤한 것은 자신이었다. 신입이 들어올 때마다 속이 끓고 답답해 미칠 지경이었다. 친절한 얼굴로 너무 뻔해 가르칠 것도 없는 일을 몇 번씩 가르쳐야 하니. 그런 데다 신입은 도통 알아듣는 기미가 없었다. 이번에도 험난한 여정이 되겠군. 유리나는 느릿느릿 옷을 입었다. 옷을 입기보다 기름땀 범벅인 몸을 벗고 싶고, 모자에 눌린 머리를 감고 싶었다. 그녀는 야구 모자를 눌러쓰고 라커 문을 쾅 닫았다.

다음 날부터 새미는 일을 배워나갔다. 할 줄 아는 게 없다는 말에 뭐부터 가르쳐야 할지 감이 오지 않았다. 결국 내내 케밥 코너를 맡길 수밖에 없었는데, 달리 말해 첫날 배운 것으로부터 한 발도 나아가지 못했다는 뜻이었다. 사실 케밥은 셋 중 하나가 일을 보면서 해도 되었기 때문에 굳이 담당까지도 필요 없었다. 이래야 새미가 있으나 없으나 상관없었지만 이제 숫자가 맞았고 둘씩 팀으로 움직일 수 있는 것은 안심이었다. 일이 익숙해지면 전처럼 2교대로 돌릴 수도 있을 터였다.

신입이 들어온 지 일주일이 지났을 무렵, 점심을 먹은 유리나는 커피 생각에 직원 출입구로 나왔다. 그때 맞은편의 고객 화장실에서 나오는 민화가 보였다. 둘의 눈이 마주쳤다. 민화의 표정이 굳었다. 그때 누군가 유리나의 어깨를 툭 쳤다. 경미였다. 경미는 둘에게 말했다.

"휴게실 갈까?"

"그럴까요, 언니."

유리나도 고개를 끄덕였다. 비상계단을 내려가는 내내 민화의 뒤통수를 보았다. 매니저가 매번 조례 때마다 그렇게 말하는데도 지키지 않는 건 노상 지각을 하기 때문인가. 분명히 주의를 줘야겠지만 야단치는 입장이 되고 싶지는 않은데. 유리나는 골치가 아파왔다.

그들은 계단을 통해서 밖으로 나왔다. 일 층 야외 주차장 가에 파티션이 세워져 있었다. 녹색 플라스틱으로 된 파티션 안에는 커피 자판기와 플라스틱 의자들이 놓여 있었다. 담배를 피우고 있던 말쑥한 정장 차림의 백화점 직원 청년 둘이 압도당한 표정으로 경미를 쳐다보았다. 그들은 서둘러 흡연을 마무리하고 나갔다. 이 모습에 유리나는 픽 웃었고, 민화는 어깨를 으쓱하며 주머니에서 레종 갑을 꺼냈다. 경미는 킹콩 흉내를 내며 소리 없는 포효를 하고 가슴을 두드렸다. 그녀를 본 둘은 킥킥거렸다.

유리나는 자판기로 가서 동전을 넣었다. 블랙 버튼을 누르고 마실 거냐고 묻자 담배를 물고 있던 민화는 고개를 저었고 경미도 손목에 해롭다며 됐다고 했다. 그들은 곳곳에 놓인 의자에 앉아 늘어진 채로 담배를 피우거나 커피를 마시고 휴식을 즐겼다. 주차장 너머 빗소리가 들렸다. 모두 한 마디도 하기 싫을 만큼 온몸이 지칠 대로 지쳤고, 주위의 고요함과 인적 없음이 고맙기만 했다. 커피를 다 마신 유리나는 민화를 보며 한마디 해야 하나 말아야 하나 고민하는데, 손가락마다 자글자글하게 잡힌 하얀 주부습진을 떼어내던 민화가 심드렁하게 말했다.

"어떤 거 같아, 신입?"

경미는 손목을 흔들다가 인상을 팍 썼다.

"어떻긴. 무서울 정도지. 솔직히 까놓고 지금까지 들어온 애들

중 최악이지 않냐? 내가 다 도망치고 싶다니까."

민화는 비뚤어진 웃음을 짓다가 유리나와 경미를 보며 말했다.

"근데 이렇게 셋이나 나와 있어도 되나?"

그랬다. 유리나는 아뿔싸 했다. 경미와 둘이 있다고 여기고 자리를 비운 것이었다. 민화가 고객 화장실에서 나오는 것을 보자 거기에 신경이 쏠린 나머지 다른 생각을 못했던 것이다. 매장에는 항상 만일을 대비해서 두 명은 남아 있어야 했다. 경미가 자리에서 벌떡 일어나면서 말했다.

"어이쿠, 매니저가 보면 지랄하겠군."

서둘러 꽁초를 밟아 끄고 종이컵을 쓰레기통에 던져 넣은 그들은 빠른 걸음으로 레스토랑으로 올라왔다.

아니나 다를까. 출입구로 들어서자마자 마주친 것은 매니저였다. 매니저는 줄줄이 들어서는 그들을 보더니 눈썹을 치켜올렸다. 그는 선두에 선 유리나에게 말했다.

"담배 피웠어요?"

"아닙니다."

고개를 젓자, 머리카락에서 담배 냄새가 났다. 직접 흡연보다 간접 흡연이 더 해롭다더니. 유리나는 뒤에 선 민화를 쏘아보았다. 민화는 뜨끔한 표정으로 괜히 출근 카드 찍는 기계를 바라보왔다. 매니저가 말했다.

"뭘 그렇게 서 있어요? 빨리 매장으로 돌아가세요. 주유리나 씨는 따라와요."

입술을 깨물며 고개 숙이는 그녀를 뒤로하고 민화는 두 손을 모으며 소리 없이 미안하다고 했고, 경미는 건투를 빈다는 듯 찡그리며 웃었다. 유리나는 무거운 걸음으로 매니저를 따라갔다. 사무실로 들어간 매니저는 작업 스케줄을 짜고 있던 직원을 내보내고 문을 닫았다. 의자에 앉은 매니저가 말했다. 안경이 형광등 불빛에 반사되어 눈동자가 보이지 않았다.

"주유리나 씨. 그렇게 안 봤는데 내가 잘못 봤나 봐."

유리나는 가만히 있었다. 매니저가 말을 이었다.

"창립 멤버라서 좋게만 봤나 보네. 4년제에다가 경영학과에, 여러 번 '이달의 친절 사원'에도 뽑혀서 시내에 생기는 매장에 부매니저로 추천하려고 했는데, 더 숙고해야 할까 봐."

다른 레스토랑에서는 기술직 조리사가 친절 사원에 뽑히는 일은 없었으나, R레스토랑에서는 개방식 주방 때문에 조리사와 손님이 직접 대면했다. 불만스럽다고 달려와서 클레임을 거는 경우도 있었다. 그럴 때면 유리나는 상냥하게 불만을 들어주었다. 그녀가 그러는 것은 앞서 말했듯 작은 불씨일 때 끄기 위해서였고, 한발 더 나아가 그들을 존중함으로써 자신도 존중받고 싶기 때문이었다. 어쨌든 진급 관련 이야기에 기분이 좋아졌다. 요리에 관심도 많았고 조리사 일도 적성에 잘 맞았지만 궁극적으로는 경영을 배워 자신의 레스토랑을 열고 싶었기 때문이었다. 손님과 주인이 상호 존중하는 레스토랑. 정말 신선한 재료들을 엄선해서 정성스럽게 음식을 만드는 요리사들이 있는, 이름만 '패밀리'가 아닌 진정으로 가족적인 분위기의 레스토랑. 미래에 대한 상상에 살며시 미소 짓는데 매니저가 말했다.

"지금 웃음이 나와? 그리고 신입 놔두고 자리 비우는 건 뭐하는 짓이야? 내가 분명히 말했을 텐데. 친절하게 가르쳐주라고. 옳아, 이제 알겠다. 요즘 고객 화장실 들락거리는 사람도 유리나 씨 맞지? 지금 태도 보니까 사람 말 우습게 아는 게 딱 그런 것 같아. 아니야?"

졸지에 누명까지 쓰게 된 유리나는 울컥하며 하마터면 민화라고 말할 뻔했지만 혀를 꾹 눌렀다. 그녀가 바라는 것은 하나뿐이었다. 현상 유지. 궁극적으로는 평화.

굳이 불화를 일으키지 않아도 노역을 방불케 하는 고된 업무와 적은 휴무 때문에 대부분이 지치고 울적한 상태였고, 창의력을 요하지 않는 업무 처리 방식 때문에 기계적으로 일하고 있어 감정을 느끼기도 힘들었다. 그나마 친밀한 관계조차 깨트리고 싶지 않았다. 날끼가 충만하긴 해도 민화의 예쁜 얼굴과 싹싹한 성격이 좋았고, 언뜻 우악스러워 보여도 책임감 있고 유머 감각도 있는 경미도 좋았다. 열 명이 넘는 신입이 오가면서 지금만큼 마음에 든 라인업도 없었다. 가능한 유지하고 싶었다. 유리나가 말했다.

"죄송합니다. 앞으로 조심하겠습니다."

매니저는 대꾸가 없었다. 고개를 들자 모니터를 보고 있던 매니저가 말했다.

"기억해둘 겁니다. 나가보세요."

유리나는 사무실에서 나와 한동안 얼음 분쇄기 앞에 서 있었다. 천천히 화가 가라앉자 레스토랑으로 들어갔다.

코너로 돌아간 유리나는 묵묵히 자신의 일을 했다. 눈치를 보며 재빠르게 일을 하는 민화와 늘 지치지 않는 체력으로 수많은 일을 해내는 경미를 보니 든든했다. 그런 가운데 멀뚱멀뚱하게 그들을 쳐다보며 빈둥거리는 새미는 생크림 속 거머리처럼 눈에 띄었다. 유리나는 일을 못한다고 너무 안 가르쳤나 싶어 새미에게로 다가가 자신이 막 가져온 갈비 손질법을 가르쳐주었다. 보통 신입이라면 이것저것 질문도 하고 어설프게나마 해보려고 할 텐데 칼을 들려주어도 몸을 사리는 새미에게 넌더리가 난 유리나가 외쳤다.

"집중해! 자신감을 갖고 하지 않으면 제대로 할 수 없어. 앞으로 계속 그런 식으로 할 거면 차라리 지금 그만둬."

입술을 꼭 다문 새미는 칼을 허공으로 던져버렸다. 잘못 봤나 싶어 눈을 비비는데, 침묵을 찢는 비명 소리가 들렸다. 새미의 등 뒤로 파랗게 질린 민화가 보였다. 민화는 자기 발등을 보고 있었다. 거기에 식칼이, 방금 전까지 새미가 들고 있던 식칼이 푹 박혀 있었다.

멕시칸 코너에서 처음으로 일어난 안전사고였다. 말로만 듣던 것을 목격하자 유리나 역시 비명이 절로 나왔으나 가까스로 입술을 깨물며 참았다. 소란에 달려온 부매니저와 그녀가 민화를 부축해 밖으로 나왔다. 그때 뒤에서 무미건조한 목소리가 들려왔다.

"다녀오세요."

뒤돌아보니 새미의 검은 얼굴에는 표정이 없었다. 지금 이 상황이 어떤 건지도 모르는 것 같았다. 오싹했다. 말로만 듣던 사이코패스인가. 유리나는 입을 떡 벌리고 그녀를 보았다. 그때 경미가 어서 가보라고, 자신이 주방을 보겠다고 등을 밀지 않았더라면 언제까지고 서 있었을지 몰랐다.

택시를 타고 인근 병원 응급실에 도착해 처치를 받는 동안 휴게실을 서성거리는 유리나의 머릿속에서 새미의 얼굴이 떠나지 않았다. 일부러 그런 걸까…… 아니면 왜? 소름이 쭉 끼치며 불안해졌다. 처음 볼 때부터 좋지 않던 예감이 점차 적중해가고 있었다.

손톱을 물어뜯으며 기다리는 동안 민화의 어머니가 왔다. 아홉 시가 넘자 경미도 쿵쿵거리며 와서 한참 있다가 갔다. 새미는 끝내 오지 않았다. 식칼은 동맥과 근육에서 비켜난 곳에 꽂혀 걷는 것에 문제는 없었지만 당분간 쉬어야 했다. 몸보다 환자의 정신 건강이 더 문제였다. 민화는 그녀답지 않게 불안해하며 떨었다. 그녀가 허공을 보며 중얼거렸다.

"그 칼, 칼이 대체 어디서 날아온 거지?"

다른 이들을 의심하기도 했다.

"혹시 언니가 그런 거야? 경미 언니가 그런 거야? 신입이? 왜?"

유리나는 고개를 저었다. 그녀도 혼란스러웠다. 엄밀히 따지자면 고의적인 가해자는 없었다. 경미 역시 계속해서 어떻게 된 일이냐고 물었으나 왠지 자신도 일말의 책임이 있는 것처럼 느껴진 유리나는 가타부타 말을 하지 않고 입을 다문 채 혼자 고통스러운 고민에 빠졌다. 매니저에게 말해서 신입을 관두게 해야 하나. 하지만 그런 말을 한다면 우선 친절히 가르치지 않은 그녀부터 탓할지도 몰랐다. 망할! 어쩌란 말이야. 그녀는 손톱을 피가 나도록 물어뜯다가 찝찔한 맛에 놀라 멈췄다.

다음 날이 휴무였지만 쉬지도 못했다. 하나가 빠진 상태였으므로 최고참인 유리나가 종일 일했다. 경미가 밥을 먹으러 간 가운데, 유리나는 새미에게 감자 깎기를 시켰다. 손가락이 다치지 않게 손을 동그랗게 말아 감자를 쥐는 법과 일자필러로 깎는 법까지 알려주고 나자 새미는 느릿느릿 감자를 깎기 시작했다. 손님이 없자 그 모습을 보고 있던 유리나는 한숨을 쉬고는 가세해 재빨리 감자를 다 깎아 솥에 담고 물을 부어서 삶았다. 작업대를 정리하던 유리나가 말했다.

"너, 민화 병문안 안 가?"

새미는 대답이 없었다. 유리나는 또다시 말했다.

"안 들려? 왜 대답이 없어?"

그때 새미가 무뚝뚝하게 말했다.

"왜요."

유리나는 말문이 막혔다. 저도 모르게 하아— 하고는, 이거 대체 어떻게 해야 하나 감이 오지 않아 머리가 복잡한 가운데 후추 통이 빈 것을 발견하고 아래의 서랍장에서 꺼내기 위해 몸을 숙였다.

일어서려는 순간, 끼익하고 쇠가 미끄러지는 소리와 함께 뜨거운 기운이 확 끼치며 물벼락이 떨어졌다. 유리나는 반사적으로 몸을 웅크렸다. 머리에 감자와 김이 펄펄 나는 뜨거운 물이 쏟아지는 도중 그대로 정신을 잃고 말았다.

머리와 등에 2도 화상을 입은 채 삼 주간 입원해 있는 동안, 여러 직원이 다녀갔지만 새미는 역시 오지 않았다. 병원비와 치료비는 산재로 처리되었지만 휴업 수당도 없었다. 속절없이 누운 채화상의 고통으로 신음하며 새미를 저주했다. 처음부터 느낌이 더럽더라니. 애초에 그런 신입이 그대로 다니도록 놔둔 자신도 잘못이었다. 일을 관두라는 가족들한테 말도 못하고, 고작 신입 하나때문에 자신이 관둬야 하나 싶어 분노가 치밀기도 했다. 이틀에한 번 병문안을 오는 경미는 의혹에 차서 말했다.

"걔가 한 짓 맞지? 이제껏 한 번도 없던 사고가 걔가 들어온 후로 연달아 두 번 터졌는데 달리 누굴 의심하겠어?"

혼자 해결하기가 불가능하다는 것을 깨달은 유리나가 털어놓자경미가 말했다.

"염병할 정신병자년! 민화 때도 걔가 그런 거였구나. 역시 그럴줄 알았어. 다들 별로 관심은 없는 것 같지만."

충분히 그럴 만했다. 괜히 파트가 나누어져 있는 게 아니었다.레스토랑 안은 넓었고 자기 업무를 처리하기도 숨찼기 때문에 다른 코너에서 벌어지는 일에 신경 쓸 여력이라곤 없는 게 당연했다. 기막히게도 매니저 등 윗선에서도 알려 하지 않았다. 그들이진심으로 관심을 가지는 것은 실적과 매출밖에 없었고, 직접적인피해자는 민화와 자신뿐. 매일 거울로 진물이 나며 뒤틀리듯 변해

가는 상처를 보자니 점점 화가 났다. 난 노력했어. 존중하려 노력했다고! 하지만 신입은 노력은커녕 해만 끼쳤다. 게다가 못생긴 것도, 둔한 것도, 무시도 더 이상 참을 수 없었다. 어지간해서는 사람을 미워하지 않는 그녀였지만 이건 너무 심했다. 결국 그들 넷 중 하나가 나가는 수밖에 없었다.

드디어 유리나가 돌아왔다. 화상은 대충 아물었지만 거울을 통해서 보면 꽤나 징그러웠다. 속살도 보일 정도라 사무실로 가서 추가 치료비를 청구했다. 매니저가 없어 부매니저가 일을 처리해주었다. 통로로 나와서 멕시칸 코너로 들어서자 분주히 일하고 있는 경미, 매니저와 감자를 깎고 있는 새미가 보였다. 성큼성큼 다가가자 매니저의 말이 들려왔다.

"…… 적응이 될 겁니다. 선배들도 친절하게 가르쳐줄 거구요. 새미 씨가 처음 한 말처럼 끝까지 하면 나중엔 관리직에도 오를 거고. 그러니 끈기를 갖고…… 어, 주유리나 씨?"

유리나는 그 자리에 못 박힌 듯 서 있었다. 4년제가 입사하면 누구에게나 다 하는 매니저의 말 때문에 화가 난 것은 아니었다. 막상 새미를 보자 하나도 변하지 않은 모습, 자신이 한번 가르쳐준 적 있는 감자 깎기를 생전 처음 해보는 사람처럼 하는 모습에 새미의 존재가 끝나지 않는 악몽처럼 느껴졌기 때문이었다. 그녀는 새미를 노려보며 말했다.

"야, 너. 사과해……."

새미는 뚱하게 쳐다보았다. 매니저가 말했다.

"왜 그래요, 유리나 씨? 아프고 힘든 건 충분히 이해하겠는데 그렇다고 동료에게 화를 내면 안 되죠. 이유도 없이 화풀이하려거든 집에서 더 쉬세요. 휴업 수당은 없는 거 알겠지만 그렇다고 자리가 없어지는 건 아니니까……."

이유가 없다고? 어이가 없어진 유리나는 모자를 벗고는 두 사람에게 머리를 들이댔다. 흉측한 상처에 매니저는 인상을 찌푸렸고 새미는 빤히 그것을 들여다보았다. 유리나가 외쳤다.

"네가 이랬잖아! 어서 사과하라고!"

분주하게 일하던 경미도 그들을 쳐다보았다. 새미는 어깨를 으쓱하더니 다른 곳을 보았다. 매니저는 유리나를 보며 난색을 하더니 말했다.

"주유리나 씨. 업무방해 그만하고……."

유리나는 자신의 귀를 의심했다. 고작 한다는 말이 업무방해……? 유리나의 새하얀 얼굴이 모욕감으로 벌겋게 달아올랐다. 가느다란 눈에 눈물이 가득 고였다가 굵은 물줄기가 되어 뜨겁게 흘러내렸다. 이제껏 그토록 열심히 일했건만 항상 잘되면 자신들 덕이고 못 되면 그녀 탓이었다. 마음속 깊은 곳에서 이제껏 애써 억눌러왔던 울분이 격렬하게 끓어올랐다. 유리나의 창백하고 마디가 굵은 오른손에 핏줄이 가득 돋으면서 가는 손목이 마구 부들부들 떨렸다. 순간적으로 이성을 잃은 그녀의 오른손이 허공을 날아, 있는 힘을 다해 새미의 뺨따귀를 세차게 올려붙였다. 여성스러우면서도 수개월간의 조리로 탄탄하게 다져진 팔근육 때문에 목이 삑 하고 돌아가는 소리가 들릴 정도였다. 유리나가 외쳤다.

"죽을래, 이 쌍년아! 어?"

새미는 뺨을 감싸 쥔 채 빤히 쳐다보았고, 매니저는 돋보기안경 속 커다란 눈동자를 더욱 크게 뜨고 유리나를 쳐다보았다. 평소와는 정반대의 살기등등한 모습에 어떻게 해야 할지 감이 오지 않았던 매니저는 약간 더듬거렸다.

"왜, 왜 이래요? 주유리나 씨."

잠자코 있던 경미가 매니저를 저지하며 새미에게 말했다.

"너 빨리 사과해. 민화도, 유리나도 네가 그런 거 알아. 시치미 떼고 있으면 아무도 모를 줄 알았어? 어!"

백치같이 멍한 표정으로 그들을 쳐다보던 새미가 말했다.

"내가 왜 사과해야 되는……."

"이게 진짜 보자 보자 하니까!"

경미가 다가가자 새미는 연갈색 눈동자를 희번덕거리더니, 경미가 스파게티를 하려고 식용유를 붓고 불에 달궈둔 프라이팬을 들고 사방으로 휘두르며 외쳤다.

"가, 가까이 오지 마!"

"오호. 그러니까 진짜 사이코답네."

사나운 얼굴을 한 경미와 유리나는 아랑곳 않고 다가갔다. 새미는 조금씩 물러나다가 뒤로 벌렁 넘어졌다. 지난번 솥이 떨어져 깨진 타일에 안전화 굽이 걸려 넘어진 것이었다. 프라이팬이 허공을 날아 새미의 얼굴에 떨어졌다. 아악! 하는 비명과 함께 프라이팬이 요란하게 나뒹굴었다. 그제야 매니저는 새미를 업고 나갔다.

새미는 돌아오지 않았다. 일은 안전사고로 결론이 났고, 목격자들도 왈가왈부하지 않았다. 달라진 점은 안전 교육 때 사고 사례가 세 개 더 추가된 것뿐이었다. 민화도 결국 관뒀다. 3개월 후. 유리나는 시내에 오픈한 매장에 부매니저로 일하게 되었다. 홀로 남은 경미는 자연스레 유리나가 하던 일을 이어받게 되었다. 오늘도 R레스토랑의 아침은 아홉 시 삼십 분부터 시작된다.

일곱 쟁반의 미스터리

그녀에 대한 기억이 다시금 선연한 모양새로 돌아온 것은 정확히 저녁 일곱 시 삼십오 분이었다. 그때 나는 작은 상에 얹은, 김이 무럭무럭 나는 갓 끓인 라면과 잘 삭은 김치 등과 함께 사이좋게 밥을 먹고 있었다. 홀아비처럼 홀로 TV 앞에서 먹는 저녁 식사라, 그것도 빈약한 식단에 과히 맛있을 리가 없었지만 그럭저럭 먹을 정도는 되었다. 그렇게 그럭저럭 라면의 구불거리는 면발과 두런두런 이야기도 좀 나누고, 김칫국물도 반들거리는 장판 위에 흘려가며 열심히 밥을 먹고 있을 즈음이었다.

시트콤보다 재미있어진 저녁 뉴스에서는 이색 직업 탐방의 현장이 방영되고 있었다. 첫 타자로 마술사가 나왔다. 아니, 정확하게 말하자면 마술사를 돕는 보조자 정도를 가리키는 것이었다. 왜 있잖은가. 마술쇼에서 스포트라이트가 번쩍이는 무대의상을 입은 마술사를 비추고 그 시선이 이내 결박되어 상자 안에 처넣어지거나 사각의 통 안에 들어간 채로 칼을 맞아야 하는 운명에 처하게 되는 미녀로 옮겨갈 때, 그 미녀들 말이다. 그녀들이 바로 마술사의 어시스트들인 것이다. 화면에 나온 여자들 역시 몹시 아름다웠는데, 어찌해서 마술에서는 늘 미녀들이 그런 역할을 담당해야 하는지 늘 궁금했었다고 리포터가 질문을 던지자 그녀들 중 하나가 단호하게 대답했다.

"아름다움도 하나의 마법입니다."

그 대답, 마치 화장품 회사의 카피 같기도 한 그 대답은 한동안 나의 뇌리 속에 남았다. 아름다움도 하나의 마법이라니. 흠. 그럴 수도 있었다. 하지만 내가 생각하는 마법은 좀 더 다른 것이었다. 좀 더 놀랍고, 신비하며, 깜짝 놀랄 정도로 예상할 수 없는 어떤 것. 그런 것쯤 되어야 비로소 마법이라고 부를 수 있다는, 스스로의 나름대로 엄격한 기준이 언제부턴가 나의 마음속에 자리 잡고 있었던 것이다. 나도 모르게. 그런데 도대체 언제부터였을까.

다음 타자로 나온 것은 크리스마스카드 디자이너였다. 벌써 크리스마스가 얼마 남지 않은 11월이기에 벌써 분위기를 내보고자 하는 속내도 조금 보이는 듯 했지만, 어쨌든 예수의 탄생일, 흥청거리는 분위기와 캐럴 음악과 반짝이는 전구와 빨갛고 예쁜 카드들이 난무하는 축제날로 흔히 기억 속에서 떠오르고는 하는 크리스마스를 기념하는 카드를 만드는 디자이너들은 의외로 전혀 축제 따위는 할 기분이 아닌 듯했다. 코미디언이 평상시에는 더욱 심각하고, 만화가들은 우스운 이야기와 그림을 위해 하루 종일 책상 앞에서 펜을 붙들고 씨름하느라 허리 디스크에 목 디스크까지 걸린다는 희비극의 아이러니와 같은 논리였는데, 그들의 작업장 역시 화면에 그 정도로 나온 것이면 실지로는 훨씬 더 초라하고 좁으며 어두컴컴할 것이라는 생각이 들었다. 그다지 유쾌하지 않은 얼굴로 인터뷰를 한 디자이너는, 한여름에 남들은 다들 피서를 가네 마네 하며 티비에서는 어디를 틀어도 시원한 차림의 사람들과 파란 하늘과 바다가 펼쳐진 햇빛 쨍쨍한 휴양지가 나올 무렵 즈음에 가장 일의 진도가 나가지 않는다고 털어놓았다. 이해할 만했다. 그럴 때면, 웬만하면 손을 놓고 쉬기도 하지만, 작업량이 많이 밀려 있을 때면 어쩔 수 없이 캐럴을 불러보기도 하고, 색색의 전구를 집 안에 장식해보거나 눈 스프레이를 사방에 뿌려보기도 한다고 고백했는데 사무실에서 단체로 캐럴을 부르고 있을 남자들의 굽은 등을 머릿속에 떠올리고 있자니 나는 왠지 울고 싶은 기분이 되었다. 그래도 어쨌든 나는 라면을 계속해서 먹고 있었고, 시간은 계속해서 흘러 크리스마스가 될 것이고, 사람들은 그 모든 힘듦과 역경을 극복하고 이렇게 다시 축제를 맞이하게 된 것을 기뻐할 것이다. 그런 것이다.

쓸쓸한 마음인지 여전히 무럭무럭 김이 올라오는 뜨거운 라면의 면발을 단번에 후루룩 삼켜서인지 몰라도 주책없이 약간은 글썽해진 눈으로 다시 티비를 보던 나는 순간적으로 입속의 것들을 모두 뱉어낼 뻔했다. 세 번째의 이색 직업으로 소개된 사람을 보는 순간, 티비 옆의 작은 전자시계는 정확히 일곱 시 삼십오 분을 가리키고 있었다. 주변의 모든 것이 스톱워치로 재듯이 흘러가고 화면은 천천히 돌아가는 나의 안구 속으로 서서히 스며들었다. 리포터는 호들갑스럽게 숫자를 세고 있었다.

"셋, 넷, 다섯, 여섯, 일곱! 네, 정확히 일곱 개입니다. 정말로 놀랍습니다."

리포터의 붉게 상기된 볼과 반짝이는 입술의 쉴 새 없는 놀림에 나는 정신이 아득해지며 입속의 것들을 한꺼번에 삼키다가 결국은 딸꾹질을 하고 말았다. 딸꾹, 딸꾹, 딸꾹. 그리고 그때 그녀의 기억이 돌아온 것이다.

사람의 기억이 정확히 몇 살 때부터 시작되는가에 대해서는 여러 가지 의견이 분분하다. 그것은 개인의 신체적, 정신적인 차이도 있고, 그 개인이 처한 환경에 따른 차이도 있는데, 결국 사람마다 다르다는 것이 가장 타당한 의견으로 받아들여지는 편이다. 한마디로 자기가 그렇다는데 뭐 어쩌겠는가. 그런고로 나의 기억은 정확히 세 살 때부터 시작되었다. 그것은 정말로 정확한 사실이다. 왜냐하면 그때 그녀가 내가 즐겨 사 먹던, 커다란 설탕 덩어리가 잔뜩 박힌 오십 원짜리 사탕의 봉지에 든 색색의 사탕 수가 세 개이며, 그것은 내 나이와도 같다고 일러주었던 기억이 아직도 선명하기 때문이다. 그때의 고사리 같던 손을 펴서 하나씩 안으로 접는다. 하나, 둘, 셋. 혹은 그 고사리 같은 손으로 주먹을 쥐고 검지만 그 속에서 빼내어 뭔가를 가리키며 조그만 입으로 옹얼거린다. 하나, 둘, 셋. 그때 그녀는 나의 셈에 맞추어 머리 위로 올린 수건 위에 각각의 정식이, 예컨대 된장찌개 정식이나 김치찌개 정식이나 고등어 백반, 세 개 정도 놓이고 그 위에 신문지가 덮인 UFO처럼 널따란 알루미늄의 은색 쟁반을 하나씩 올리기 시작한다. 하나, 둘, 셋. 그 이상을 세지 못하고 이제는 휘둥그레진 크고 둥근 눈망울로 서서히 높아지는 그 쟁반의 바벨탑을 보고 있노라면 그녀는 어느새 걸음을 옮기며 춥고 낯선, 사람들이 북적대는 거리를 걷기 시작한다. 간혹 놀라움과 경이에 찬 시선으로 그녀를 뒤돌아보는 사람들도 있지만 대부분이 그저 무심한 일상의 풍경처럼 지나쳐 간다. 그렇게 그녀는 세상의 모든 거리를 마치 UFO

에 피랍되기 전인 듯 쓸쓸한 뒷모습을 하고서는 가볍게 걸어간다. 그것이 내가 가지고 있는 그녀에 대한 첫 기억이다.

그리고 그녀에 대한 두 번째 기억 역시 내가 자주 사 먹던 그 오십 원짜리 봉지 사탕에 얽혀 있다. 그 사탕은 어리고 여린 나의 작은 목구멍에는 너무 컸던 모양으로 천천히 녹여 먹지 않으면 식도에 걸리기에 딱 알맞은 크기였는데, 아무도 없는 집 안에서 나는 그 사탕을 먹고 장난감을 가지고 놀다가 그만 정말로 그것이 목에 걸리고 말았다. 해가 저물어가서 그런 것인지 아니면 숨이 넘어가서 그런 것인지 주위는 점점 어두워지기 시작했다. 그때 남잔지 여잔지 분간이 되지 않는 꼬마의 비명 소리가 울리고 잠시 후 누군가 나를 흔들었다. 그 꼬마는 아마도 어릴 적 옆집에 살아 자주 함께 놀았던, 이름이 다소 흥미로운 우동이라는 여자애였을 것이고, 나를 흔든 것은 비명 소리를 듣고 달려온 우동의 어머니였을 것으로 추측된다. 아무튼 눈을 뜨고 보니 마치 마술처럼 눈을 감기 전의 숨 막힘과 어둠은 모두 사라지고 앞에는 걱정스러운 얼굴을 한 그녀가 나를 가만히 내려다보고 있었는데, 그 얼굴에는 걱정과 함께 어떠한 결심이 나타난 듯했다.

마지막으로, 그녀에 대한 세 번째 기억. 시장 통에서 나에게 국밥을 사 먹이고는, 자신은 옷을 갈아입고는 머리에 예의 수건을 얹고 저녁도 먹지 않은 채로 누군가의 저녁들을 머리 위에 잔뜩 짚어지고 있는 그녀의 모습이 해 질 녘의 차가운 공기 속에 떠오른다. 노을 속에 하나둘씩 켜지는, 노점의 노란 알전구에서 나오는 불빛들이 은색의 알루미늄 쟁반들에 부딪혀 반짝반짝 빛이 났다. 마치 비행 직전의 UFO처럼. 무엇이었을까, 그 알루미늄 쟁반이 그렇게도 UFO처럼 보였던 까닭은. 그때 즈음에는 나는 셋 말고도 더 큰 수에 대해서도 조금씩 배워가고 있었다. 옆집의 우동이 받아보는 학습지를 어깨너머로 슬쩍슬쩍 훔쳐보는 중에 드디어 열까지도 셀 수 있었던 무렵이었던 것이다. 그녀의 머리 위로 오르는 쟁반들. 셋, 넷, 다섯, 여섯, 일곱. 정확히 일곱 개였다. 그 일곱 개의 쟁반들은 가뿐히 땅에서 정확히 그녀의 키만큼 뜬 채로 신문지를 얹은 채 팔랑팔랑 사람들 속을 걸어가기 시작했다. 그 뒷모습이 그녀에 대한 나의 모든 기억의 끝이다. 사실, 그 후로 얼마간의 기억들은 말소되어 전혀 생각나지 않지만 어쨌든 다시 정신을 차리고 보았을 무렵에는 나는 어느새 그녀 대신 나이가 너무 들어 늙은 나무처럼 쪼그라들기 시작하는 외할아버지와 함께 살고 있었던 것이다.

"네 어미는 마녀였지."

이것이 내가 기억하는 외할아버지의 첫마디였다. 쪼그라들고 구부러져 도무지 무슨 생각을 하는지 모를 의뭉스러운 노인은, 함께 살기 시작했던 대여섯 살 무렵에서부터 내가 폭주족이 되어 밤거리를 휩쓸다가 경찰서에 구금되어 있다가 돌아오던 날 밤인 열대여섯 살 무렵에까지 나에게 뭐라고 한마디도 제대로 된 말을 한 적이 없었다. 당시 시장 통에서 여관을 하고 있던 외할아버지의 소일거리라고는 이제 갓 학교에 들어간 나에게 카운터를 맡기고는 오후 내내 목욕탕 앞의 볕 좋은 자리에 쭈그리고 앉아 뭔가를 중얼거리거나, 흥이 나면 크게 고함도 지르고 노래도 부르거나, 울먹이며 훌쩍대거나 하는 것 등이었는데 해가 저물면 신문지로 접은 봉투 한가득 담아주는 풀빵을 백 원어치 사 들고는 풀빵 장수와 교대를 해서 집으로 돌아와 카운터 옆의 어두운 방에 들어가서는 고목처럼 잠이 들었다. 그러면 나는 TV를 보면서 천천히 풀빵을 다 먹어치우고는, 여관의 화장실 옆에 있는 작은 문을 통해 시장 통으로 갔는데 거기라면 그녀를 볼 수 있을 것 같았기 때문이었다. 일곱 개 쟁반을 머리에 이고 사뿐사뿐 걸어가는 그녀의 모습을. 하지만 그 춥고 어두워지기 시작하는, 갓 지은 밥 냄새와 방앗간에서 나는 구수한 잡곡의 냄새, 목욕탕에서 나오는 사람들의 훈김과 노란 백열등 불빛이 떠다니는 거리 어디에서도 그녀의 모습을 발견할 수 없었다. 얼마 후 시장이라는 것은 단 하나의 고유물이 아니며 세상에는 수많은 시장이 있다는 것을 알게 된 후로 나는 샛문으로 나가는 길고 긴 산책을 그만두었다. 그리고 좀 더 넓은 세상으로 산책을 시작하게 되었던 것이다.

"네 어미는 현실에 발을 붙이고서는 못 사는 사람이었다."

이것이 외할아버지가 나에게 했던 두 번째 말이었다. 노인은 내가 상업고등학교에서 알게 된 소위 시간이 넉넉하고, 부모들의 관심에서 벗어나 있으며, 유해물에 대한 뛰어난 탐구 정신을 가지고 있는 아이들, 세인들의 말로는 불량 청소년이라고 부르는 친구들과 함께 비닐봉지에 공업 본드를 몇 통이고 짜서는 잔뜩 들이마시고 여관으로 돌아온 날 밤, 의외로 정정한 모습으로 카운터의 앞에 서서는 말했다. 나는 다음 날 머리가 깨질 것 같은 두통 속에서도 어젯밤 노인이 했던 말을 떠올리고는 뭔가를 물어볼까 했지만, 이미 오후인 데다가, 방 안의 앉은뱅이 상 위에는 다 식은 북어국이 차려져 있었고, 완전히 지각해버린 학교에 가야 하나 말아야하나 고민하다가, 문득 노인을 찾았을 때 이미 그는 목욕탕 앞에가서 뭔가를 크게 외쳐대고 있을 시간이었으므로, 그만 나는 모든 것을 잊어버린 채 멍하니 식탁에 앉아 차가운 북어국을 천천히 마시고는 하루 종일 도라지를 피우며 방 안에서 뒹굴었던 것이다. 그리고 외할아버지가 그의 방에 돌아왔을 무렵에는, 나는 막 들어온 수줍어하는 남녀에게 방을 내어주느라 열쇠를 찾고 불을 켜고 청소를 하고 요구르트를 준비하느라 부산하게 바빴다.

"네 어미는 우주로 가버렸어."

유언이라면 좀 우스운 것일지 몰라도, 아무튼 골방 안 이부자리 위에 누워 숨을 꼴딱대던 외할아버지의 마지막 말은 이랬다. 그녀는 한 번도, 심지어 노인이 죽었을 때조차도 찾아오지 않았다. 분명 아주 먼 곳에 있거나 실종되거나 죽지 않고서는 자신의 아버지가 죽었는데도 찾아오지 않는 딸이란 없을 것이다. 하지만 우주라니. 너무 엉뚱하고 뚱딴지 같아서 잠시 심각한 분위기에서 벗어나서 킥킥거리고 웃는 사이에 외할아버지는 숨을 거두었다. 시장 통의 어른들이 장례를 거두어주었다. 친척들이라고는 코빼기도 비추지 않았기 때문에 어디다가 묻어야 할지를 몰라 나는 노인을 화장하는 데 동의했다. 그리고 그 고운 가루는 밤중에 몰래 목욕탕 앞에 뿌렸다. 왠지 그가 그러기를 바랄 것 같아서였다.

너무 낡고 구석진 자리에 위치해 있어 거의 손님이 들지 않는 여관을 처분해버리고, 그동안 나름대로 지겨울 정도로 정들어버린 시장 통을 떠난 것이 열아홉 살 무렵이었던가. 막 학교를 졸업한 친구들과 함께 우리는 약간 진화한 취미에 빠져 있었다. 그러니까 비닐봉지에 가득한 공업 본드보다 진화한. 우리는 부탄가스를 불고 여자애들과 방 안에 얽힌 채 놀았다. 아무것도 안 하거나 아니면 남녀가 할 수 있는 모든 것을 했는데, 그 아지트가 된 곳은 바로 막 자취방을 얻어 유일하게 부모와 함께 살고 있지 않은, 나의 열 평 남짓한 방이었다. 그 자취방에서 벌어지던 매일의 가스 냄새와 방황 가운데 만난 여자애는 정확히 세 명이었다. 그러고 보면 3은 나의 인생을 지배하는 숫자인 모양이었다.

첫 번째로 만난 여자애는 나보다 한 살 어린 애로 학교를 다녔는지 안 다녔는지는 잘 모르겠지만 음악을 하는 애였다. 검은 머리카락을 길게 늘어뜨리고 가스에 취해 가끔 방의 구석에 웅크리고 앉아 앉은뱅이 상을 펴고는 종이 위에 즉흥 가사나 멜로디를 두서없이 끼적이고는 했는데, 아침에 깨어질 것 같은 머리로 찬물에 샤워를 하고서 읽어보면 대개 무슨 말인지 모를 글자들이나 아예 알아볼 수 없는 꼬부랑 낙서들이 잔뜩 적혀 있고는 했다. 유일하게 알아볼 수 있었던 것은 좀 재미있는 것이었는데, 지금도 그 쪽지를 가지고 있는 줄은 뒤져봐야 알겠지만 굳이 다시 보지 않아도 아직도 생각난다.

엄마는 외계인.

아빠는 지구인.

지구인이라니. 흥. 웃겨.

외계인이 말하네.

그럼 나는 뭐지.

나는 초록 피부 브이.

– 이 부분을 강하게 외치며 손가락으로 V자를 그려준다.

(그때 한창 〈V〉라는 외화 시리즈가 인기였다. 우리도 가끔은 생각이
나면 고물상에서 주운 TV로 쥐를 잡아먹는 다이애나나, 피부가 벗겨져
초록색의 속살이 드러나는 도노반 등을 보기도 했다.)

두 번째로 만난 여자애는 나보다 두 살 많았는데, 동네 다방에
서 일하고 있었다. 그 애는 직업 때문인지 꽤 오토바이를 잘 탔는
데, 그때 많이들 타던 일명 택택이, tact 스쿠터를 타고서도 한강
까지도 갔다. 그 다방 레지에 대한 기억은 잘 나지 않지만 배달을
마치고 내 자취방으로 와서 함께 막 해가 지기 시작하는 뚝섬 유
원지에 갔던 것만은 유일하게 생생하게 기억이 난다. 그날, 아마
도 늦여름 즈음이었던 듯한데, 편안히 휴식을 즐기는 가족 단위
의 사람들 무리에서 과산화수소로 붉게 머리를 탈색한 나와 하이
힐에 반짝이 그물스타킹을 신고 가죽 미니스커트를 입고 있던 그
애만이 유독 눈에 띄었던 모양으로 우리에게 슬쩍 접근한 사기꾼
비슷한 남자가 있었다. 남자는 우리가 그렇게 이질적으로 보였는
지 온갖 외국어, 일어와 중국어를 섞어가며, 단지 우리는 오랜만
에 보는 아름다운 자연의 광경에 넋을 잃고 감탄하고 있었을 뿐인
데, 자꾸만 어디론가 가자고 했다. 조금 구겨진 광고 전단지를 주
면서. 그것은 '환상의 크루즈 관광!!!'이라는 조잡한 글씨와 함께

근사한 배 사진이 들어 있는 현란한 3도 인쇄물이었다(파랑: 강, 빨강: 글씨, 흰색: 배, 그러나 바탕색이므로 숫자에 들어가지 않음, 노랑: 배 위의 휘황찬란한 불빛). 결국 성가셔서, 또 달리 갈 곳도 없었기에 따라간 곳은 허름한, 곧 떠내려갈 것 같은 선착장이었다. 여자애가 불쾌한 표정을 지어 보이자, 남자는 괜찮다며 아주 살가운 표정으로 조금만 기다리면 된다고 했다. 이윽고 선착장에 도착한 것은 낡은 배였는데, 가라앉지는 않을까 의심스러웠다. 옆에는 검은 타이어들이 잔뜩 붙어 있었고, 배 위에는 파란 방수포로 천막을 쳤고, 기둥의 군데군데에 작은 전구들을 달아 나름대로 반짝반짝 불을 밝히고 있었다. 그러니까 그것이 바로 '환상의 크루즈'였던 것이다. 그리고 그것을 타고 한 이십 여분쯤 강변을 배회하다가 불법 영업에 걸릴까 봐 얼른 다시 선착장으로 돌아오는 것이 '관광'이었던 것이다. 배에서 내리자 남자는 아까와는 몹시 상반되는 험상궂은 표정으로 돈을 요구했는데, 생각보다 상당히 많은 액수의 돈이었다. 우리는 당연히 도망쳤다. 그 돈이 얼마였는지는 잘 기억나지 않았지만, tact를 신나게 몰던 여자애의 등 뒤에서 들은 바로는, 그 당시 다방 레지가 하루 종일 커피를 팔아야 손에 쥘 수 있는 정도의 액수였다.

끝으로 마지막으로 만났던 여자애는 거의 나의 구세주라고 할 만했다. 그러니까 흔히 말하는 소위 불량배를 갱생시키는 백의의 천사 정도 되는 인물이었다. 그 애는 우연히도 취향 때문인지는 모르겠지만 흰 옷까지 즐겨 입었는데, 운명적으로 나타난 백의의 천사에 의해 갱생된 건달, 바보의 이야기는 아주 많으므로, 굳이 여기서 구구절절 읊지는 않으련다. 아무튼 그 애는 오직 그 선한 마음과 실은 함께 자준다는 약속으로 나를 어르고 달래며 소위 양아치로 불리는 친구들과 멀어지게 하고, 밤마다 뒷좌석의 완충장치, 일명 쇼바를 있는 대로 올린 오토바이를 타고 나가는 일명 폭주산책을 못하게 하고, 부탄가스를 끊게 하고, 버젓한 직장을 얻고자 얌전하게 여러 가지 교육을 받으며 얌전하게 살아가는 청년들이 들락거리는 국비 지원 교육 센터에 등록하게 만들었다. 그것은 오로지 그 잠자리의 약속 때문이었다. 나는 이전에 여자를 두 명 사귀었다고는 하지만, 첫 번째 여자애는 매일 함께 가스를 부느라 한 명이 비몽사몽이면 한 명이 발기가 되지 않고는 했으므로 제대로 몸을 만져본 적도 없었고, 두 번째 여자애는 매일 하는 것이 그런 일이라며 우리는 어디서 주워들었는지 모를 플라토닉한 관계로 남자고 첫 만남에서부터 못을 박는 바람에 간혹 오토바이를 탈 때나 그 매끈한 허리와 납작한 배를 옷 위로 슬쩍슬쩍 쓰다듬어 봤을 뿐으로, 아직 채 스물이 되지 않은 혈기왕성한 나이임에도 불구하고 여자와의 잠자리 경험이 전무했던 것이다. 마침내 꽤나 오랜 시간 동안 견딘 가운데 모든 연수 과정을 마치고 대기업의 자동차 부품 공장에서 일하는 자리를 얻게 되자, 나의 천사는 드디어 나와의 잠자리를 허락해주었다. 이제는 가스 냄새도, 공업 본드 냄새도, 온갖 토사물과 술과 담배 냄새에 찌들지도 않은 어느새 주인처럼 깨끗해져 버린 나의 열 평 남짓한 방 안에서 우리는 관계를 가졌다. 물론 그 애의 몸은 하얗고 매끄러운 피부에 팔다리는 날씬하고 허리는 잘록하며 허벅지는 탄력적이었고, 매우 뜨거웠다. 물론 그것은 나의 상상도와 최대한으로 발휘한 촉각에 의한 데이터였다. 그 애가 무엇 때문인지 불을 끄기를 고집했고, 그래서 모든 일은 어둠 속에서 그녀가 고집해서 뒤집어쓴 이불이 자꾸 무릎과 허리에 감기는 동안 일어났기 때문이었다. 생각보다 맥이 빠지고 힘이 많이 들었으므로, 또 어둠이 나를 고요히 감싸주었으므로 일을 마친 나는 곧바로 잠 속으로 빠져들고 말았다. 그리고 꿈을 꾸었다.

그녀는 나의 첫 기억 속의 모습으로, 검고 긴 귀밑머리를 휘날리며 점점 어두워져 가는 거리에 서 있었다. 주위에는 수많은 사람들의 물결이 그녀와 나를 스쳐 지나간다. 하나둘씩 켜지는 거리의 네온사인과 불빛들을 보고 있다가 고개를 돌리자, 그녀는 머리에 수건을 얹고는 반짝이는 커다란 알루미늄 쟁반을 하나씩 얹고 있다. 하나, 둘, 셋. 주먹 쥔 손가락에서 검지를 빼내어 쟁반을 하나하나 가리키던 나는 더 이상 세지 못하고 우물거리기 시작한다. 이상하게 목이 메고 약간은 어지러운 기분이 든다. 내가 셋까지 세고는 망설이자 이제 그녀가 맑은 목소리로 넷, 다섯, 여섯, 일곱까지 세고는 방긋 웃는다. 처음 듣는 목소리에 처음 보는 미소다. 그것들은 마치 갓 거리에 켜지기 시작한 백열전구 알처럼 노랗고 밝았다. 나는 나도 모르게 그녀에게 말한다.

"엄마……"

그녀는 여전히 나를 보며 그 환한 웃음을 짓고 있다.

"어딜 가는 거예요?"

그녀는 천천히 고개를 돌려 막 별이 빛나기 시작한 밤하늘을 역시 나처럼 주먹 쥔 손에서 빼낸 가느다란 검지로 가리킨다.

"우주로 가는 거야. 그동안 이것들 때문에 지구에서 벗어날 수 없었어. 지구의 중력에서."

그녀는 머리에 지고 있던 쟁반 더미를 내려놓고는 천천히 위로 떠오른다. 그녀의 모습이 더 이상 보이지 않자, 그녀가 내려놓고 간 식판들 역시 천천히 허공으로 떠오르기 시작한다. 그제야 정신을 차린 나는 그것들 중 하나를 잡아보려고 애쓰지만, 세 살의 어린 육체, 그처럼 작은 키로는 역부족이다. 은색의 알루미늄 쟁반들은 점점 빨리 위로 떠오르며 가속도가 붙는다. 그것들에서는 마치 우주선이 발사될 때처럼 푸슉푸슉 하는 소리가 난다. 소리가 절정에 다다르자 천천히 떠오르던 그것들은 마침내 튕겨 나간 것처럼 핑 하고 하늘로 사라져버린다. 그렇게 사라진 일곱 개의 은빛 원반들은 마침내 하늘에 하나씩 나타나기 시작한다. 둥글게 반짝이는 일곱 개의 쟁반들. 그것은 바로 북두칠성이었다. 웃음이 나왔다. 눈을 떴을 때, 나는 울고 있었다. 그리고 어느새 창밖으로 파랗게 날이 밝아오고 있었고, 곁에는 아무도 없었다.

딸꾹, 딸꾹, 딸꾹. 그 모든 세 가지 연작으로 끝나는 기억들과 함께 나의 딸꾹질도 정확히 세 번이 발작적으로 반복된 가운데 저도 모르게 멈추었다. TV의 화면에서는 그 모든 것이 추억일 뿐이고 추억들 따위에 낭비할 시간은 없다는 듯이 여전히 일곱 개의 쟁반을 짊어진 아주머니의 뒷모습이 방영되고 있었다. 그런데 이상하게도 그녀의 작고 초라해 보이는 뒷모습이 사라지고 있는 골목이 예전에 내가 알던 곳과 몹시도 흡사해 보였다. 그러니까 내가 유년 시절을 보낸 곳, 시장 통이 있던 곳, 외할아버지의 여관이 있던 곳. 그 거리 말이다. 그런 기시감과 이상한 예감에 잠시 배가 아프던 나는 곧 어이없어하며 식어버린 라면을 입에 넣고는 김치를 찢었다. 그래. 세상에는 수많은 시장들이 있고, 그것들의 모습은 대개 약속이라도 한 듯 쌍둥이들처럼 비슷한 법이지. 그러다 보고 말았다. 화면의 구석에서 반짝이는 간판을. 나는 순간적으로 깜짝 놀라 부르르 떨면서 김치를 찢던 젓가락을 떨어뜨리고 말았다.

오래되어 약간 녹이 슨 알루미늄 간판에 돋을새김으로 붙은 글씨인 '일심장'. 그것은 바로 외할아버지가 오후 내내 쭈그리고 앉아서 뜻도 모를 말들을 외치고 웅얼대던, 어디서도 다시 볼 수 없었던, 별로 그 용도와는 어울리지 않은 이름의 그 동네 특유의 목욕탕 이름이었던 것이다. 더욱이 신기한 것은 그 맞은편에 비죽이 튀어나와 있는, 녹슨 철판이었는데 거기에는 붉은 화살표가 그려져 있었다. 아, 어떻게 잊을 수가 있으랴. 그 화살표는 바로 구석진 곳에 있는 외할아버지의 여관, '한성여인숙'으로 가는 골목의 입구에 붙어 있던 것이었다. 우연치고는 너무도 일치하는, 어떤 직감의 화살표가 가리키는 방향으로, 나는 어느새 자취방에서 나와 발걸음을 옮기고 있었다. 가슴이 마구 뛰었다. 화면 속의 뒷모습, 일곱 개의 쟁반을 이고 가던 여자가 정말 그녀라면. 나의 어머니라면…….

몇 년 만에 다시 찾아간 시장 통은 불과 몇 년 사이에 그 모습이 무척 변해 있었다. 새로 지은 건물들, 짓고 있는 건물들, 들어선 지 꽤 오래돼 보이는 패스트푸드점, 그럼에도 불구하고 아직도 도대체 저 속에 사람이 살고 있나 싶은 변하지 않은 건물들이 한데 섞여 왠지 몹시도 그리운 향기를 풍겼다. 나는 한참 걸어서 식당들이 몰려 있는 골목을 발견해냈다. 그리고 골목에서 쏟아져 나오고 밀려들어 가는 수많은 사람들의 물결에 잠시 휘청해야 했다. 식당들은 성시를 이루고 있었다. 주변에는 대형 빌딩들도 많이 들어선 것 같았다. 식당 안에 그득한 사람들 역시 넥타이에 양복 차림의 사람들로 어느새 그 골목은 허름한 차림의 시장 사람들과는 동떨어진 자신들만의 세계를 개척한, 그러니까 비즈니스맨들에게 식사와 술을 제공하는 곳처럼 보였다. 그리고 사람들의 물결 속에서 유유자적하게 빠른 몸놀림으로 쟁반을 이고 가는 아주머니들이 보였다. 그러나 일곱 개의 쟁반을 이고 있는 사람은 하나도 없었다. 다들 조촐하게 두서너 개의 쟁반을 짊어지고 산책하듯 여유롭게 걸어 다니고들 있었다. 나는 반드시 그녀들에게 물어보아야 할 것 같지만, 도대체 뭐라고 말을 꺼내야 할지 모르다가, 그러니까 일곱 개의 쟁반을 머리에 인 아주머니를 아십니까 하고 물어야 하나, 결국은 답답해진 김에 한다는 말이 이랬다.

"저, TV에서 보고 왔는데……"

"아이구머니. 또야 또."

그 아주머니가 호들갑스럽게 마치 유리컵 깨지는 것 같은 소리를 내자 주변의 쟁반을 지고 있는 아주머니들, 쟁반족들 역시 구경이라도 났다는 듯 무슨 일인가 싶어 가까이 몰려들었다. 막 배달을 나가는 사람에서부터 이제 수거해서 들어오는 사람까지 다양했는데, 그들의 말은 한결같이 일곱 개의 쟁반을 이고 다니는 아주머니에 대해서는 잘 모른다는 것이었다. 식당 서비스 업계에도 세대 교체가 있는 모양으로, 그 아주머니는 이제 너무 나이가 들어서 이곳에서는 더 이상 일하지 않는다는, 말하자면 은퇴를 했다는 그런 소리였는데, 며칠 전 방송 때문에 오랜만에 시장 통에 온 것이라고들 했다. 그나저나 요즘은 다들 서너 개씩만 쟁반을 이고 다니시냐고 물으니 그녀들은 여전히 시끌벅적한 가운데 까르르 웃으며 요즘은 예전과 달리 다들 몸을 생각한다고 했다. 누가 무식하게 일곱 개씩이나 짊어지고 다니느냐고. 그러다가는 머리가 눌리거나 어깨가 내려앉고 말 거라고. 누군가가 유식한 말투로, 그러나 조금 부끄럽다는 듯이 일부러 혀를 심하게 꼬아가며 웰빙 시대라고도 했다. 웰빙이라.

허탈해진 나는, 마침 라면도 먹다가 던지고 온 참이라 배가 고픈 것을 깨닫고는, 패스트푸드점으로 들어가 햄버거 세트를 시켜서는 꾸역꾸역 먹었다. 창가에 놓인 스툴에 앉아서 먹는데 순간적으로 누군가 길을 지나가는 것이 보였다. 포근해 보이는 하얀 점퍼에 흰 플레어스커트, 하얀 부츠를 신고 지나가는 모습이 눈부셔 보였는데 자세히 보니 그 여자는 바로 나의 천사, 마지막 밤과 함께 연락도 없이 사라져버린 나의 세 번째 연인이었다. 도대체 얼마 만이던가. 그녀에게 연락이 오기를 얼마나 기다렸던가. 오늘은 정말 여러 번 놀랄 일이 생기는 날이다. 내가 달려 나가서 그 애의 팔을 잡자 빠른 걸음걸이로 걷던 나의 옛 연인은 꼭 이미 알고 있었다는 듯이 신경질적으로 팔을 홱 뿌리쳤다.

"글쎄, 도에는 관심 없다니까요!"

"아니, 그게 아니라…… 잠깐만요!"

"도대체가……."

그 애가 그렇게 외치고 홱 고개를 돌려 치켜뜬 커다란 눈으로 나를 바라보자, 하얀 담배 연기가 훅 얼굴에 끼쳤다. 버지니아 슬림. 그리 순하지도 독하지도 않은 딱 적당한 정도의 풍성한 향기. 바로 그 애가 맞았다. 그리고 그 새하얀, 마치 하늘에서 막 하강한 것처럼 천사 같은 옷차림새하며. 잠시 후 우리는 방금 전 내가 앉아 있던 창가의 스툴에 나란히 앉게 되었다. 어색한 침묵을 깨고 내가 입을 열었다.

"왜 그동안 연락 안 했어?"

"그렇게 됐어."

"무슨 일이라도 있었니?"

"일은 무슨……."

"그럼?"

"넌 날 좋아하지 않잖아."

"무슨 말인지……."

그 애는 우리의 첫날밤으로 돌아가 그날의 일을 이야기하기 시작했다. 자신도 첫 경험이었던 그날, 나는 영화 속의 연인이 그러 듯이 관계가 끝난 후에 처음이라 두렵고도 아파하던 자신을 부드럽게 끌어안으며 달콤하게 기분 좋은 말을 속삭이면서 서서히 잠들어야 하는 대신, 마치 당연히 해야 할 어떤 의무를 끝낸 듯 끝나자마자 등을 돌려 외면을 한 채 잠시 후에는 드르렁대며 코까지 골았다는 것이었다. 그녀는 예상과는 다른 그 반응, 싸늘하고 허탈한 반응에 잠시 어안이 벙벙했었다고 한다. 대부분의 여자애들은 눈물을 흘리거나 엄마를 생각하기도 한다고 했다. 이런저런 씁쓸한 생각들로 이불을 코밑까지 끌어올려 덮은 채 첫날밤이 이런 것인가 어둠 속에서 가만히 허공을 응시하며 눈을 깜빡이던 그 애는 나의 벗은 등을 원망스럽게 몇 번이고 노려보다가 새벽 즈음이 되자 더 이상은 견딜 수 없어지고 촌스럽게도 왠지 눈물이 날 것만 같아 옷을 입고서는 자신의 집으로 돌아왔노라고 했다. 나는 도무지 이해할 수 없었지만, 아무튼 계속해서 미안하다고 했다.

"괜찮아. 지난 일인걸, 뭐."

"그럼 다음에도 만날 수 있을까?"

"그건 좀 곤란해. 요즘 다른 사람을 사귀고 있거든."

그 애는 사뿐히 일어서더니 방긋 웃으며 반가웠다고 인사하고는 패스트푸드점의 유리문을 열고 먼저 나가버렸다. 멀어져가는 하얀 등 뒤로 하얀 담배 연기가 아주 후련하다는 듯 흘러나오는 것이 보였다. 나는 그 모습을 멍하니 바라보다가 그 애가 새로 사귀고 있을 남자에 대해 생각했다. 아마도 그 애를 실망시키지 않는 남자이겠지. 실망시키지 않는다는 건 어떤 것일까. 그 애는 나에게 무엇을 기대했던 것일까. 나는 누군가에게 뭔가를 기대해본 적이 있었던가. 그런 생각들을 하자 머릿속이 복잡해져서 그냥 먹던 햄버거나 마저 먹기로 했다.

잠시 후, 햄버거 세트의 프렌치프라이의 마지막 한 조각까지 남김없이 몽땅 해치우고 나서도 뭔가 허전하던 나는 밖으로 나와 길가에서 파는 호떡을 사 먹었다. 달콤하고도 기름진 호떡 덩어리들이 목구멍으로 넘어가면서 나는 어느새 다시 딸꾹질을 하기 시작했다. 딸꾹, 딸꾹, 딸꾹. 호떡 장수 아줌마는 보온병의 물을 따라 건넸지만 뜨거워서인지 혀를 데며 더욱 심하게 딸꾹질을 하는 나의 눈물어린 눈에, 문득 평소에는 절대로 보이지 않던 북두칠성이 뜬 검은 밤하늘이 선명하게 반짝이며 가득 들어왔다.

청년 방호식의 기름진 반생

그런 사람이 있다. 옆에만 있어도 중병으로 앓아누운 환자마저 식욕이 돌아오고, 배고픈 자들은 입맛을 다시게 되며, 지나가며 슬쩍 마주치는 것만으로도 침이 꼴깍 넘어가는 사람. 언제부턴가 그의 주변에는 기름기를 듬뿍 실은 훈향이 떠다녔다. 눈에 보이거나, 냄새가 나거나, 과학적 검증을 거친 것도 아니건만 꼭 그런 것 같았다. 성자의 머리 주변에 후광이 나듯 그렇게 말이다. 바로 그, 방호식을 만나는 사람들은 언제나 이렇게 말했다.

"너만 만나면 입맛이 돌아."

실제로 그가 사귀었던 사람들은 대부분 처음보다 살이 쪘고, 그와 헤어지거나 다시는 만날 일이 없어야 살이 빠지곤 했다. 그것은 어떻게 보면 미인을 볼 때의 반응과 비슷했다. 갓 구운 식빵의 향긋한 냄새를 맡으며 입안으로 밀어 넣는 제과점 광고에도 언제나 미남 미녀들이 등장하지 않는가.

그러나 엄밀히, 아니 대충 봐도 방호식은 결코 미남이라고는 할 수 없는 얼굴이었다. 호빵처럼 넙데데한 얼굴과 조그만 눈, 펑퍼짐하고 짧은 코, 두툼한 입술까지. 그렇다고 해서 결코 돼지 같거나 혐오감을 주는 것도 아니었다. 피부색이 아기처럼 화사하고 고울뿐더러, 중앙 집중식으로 지방이 몰린 몸매 역시 종아리와 팔, 손목과 발목 같은 곳은 가늘었기 때문에 옷으로 잘만 가리면 전혀 비만으로도 보이지 않았다. 물론 방호식은 가벼운 비만이었다. 정상 체중이 되려면 적어도 10킬로그램은 감량해야 했지만 당연히 그럴 생각은 전혀 없었다. 먹는 것이 얼마나 행복하고 즐거운 일인데. 차라리 죽고 말지.

한마디로 그는 어른에게는 귀공자나 교육 잘 받은 청년, 동년배에게는 있어 보이는 혹은 성격 좋은 친구로 통했다. 아직 어린 시절을 가난하게 보낸 어른들이 대부분인 탓에 뚱뚱함이 곧 부의 상징으로 여겨졌기 때문이었다. 게다가 넉넉한 살집은 곧잘 원만한 성격에 대한 연상으로 이어지지 않는가. 방호식은 귀공자는 아니었어도 교육을 잘 받기는 했다. 그는 어릴 때부터 늘 성적이 좋았다. 말하자면 학창 시절 내내 그가 지나가면 학우들이 소곤대며 '저놈이 전교 1등이라며' 혹은 '아마 의대나 법대, 스카이 중 한 군데 들어가겠지?' 뭐 이런 식의 소리를 했다는 말이다. 성적 우위의 학교 사회에서 그것은 후광과도 같은 효과를 냈다.

하지만 방호식의 집안은 결코 있는 집안이 아니었다. 오히려 있어야 할 것도 없는 집안이었다. 우선 집의 반쪽이 없었다. 꽤 어처구니없는 일이긴 했지만 1959년 태풍 사라가 그의 할아버지와 아버지가 함께 살고 있던 주택을 덮쳐 집의 반이 무너지거나 날아가 버린 이후로 전혀 복구가 되지 않고 있었던 것이다. 그 후 조부 내외는 돌아가셨지만 조부를 모시고 살던 그의 가족은 아직도 그곳에서 살고 있었다. 다른 곳으로 옮길 돈이 없었던 것이다.

그렇다면 방호식의 부모는 가난했던가. 그것도 아니었다. 오히려 그의 부모는 큰돈을 만진 적이 수도 없이 많았다. 물론 말아먹기도 엄청 말아먹었다. 증권이나 투자, 투기 등등으로. 그의 아버지는 사업가였고 어머니는 회계를 담당했다. 둘은 완벽한 한 쌍이었다. 유쾌하고, 천박하고, 돈 잘 버는 마치 미국 애니메이션에나 나올 법한 전형적인 현대인들이었다. 사치를 즐기고 결혼 후에도 자유롭게 애인을 사귀는 것 역시 비슷했다. 무너진 집 따위는 안중에도 없었다. 나가면 그만이니까. 그런 까닭에 집은 일 년이 지나도, 십 년이 지나도 보수되지 않은 채 그대로 있었다. 돈이 무너진 반쪽으로 줄줄 새어나가고 있었다. 그의 부모는 저축을 몰랐다. 조부가 아들에게 그런 성격을 물려주었음은 물론이다. 사치의 종말은 비참했다. 그들은 무척 가난하게 죽었고, 아들에게 남긴 거라고는 무너져 내린 반만 남은 집뿐이었다.

방호식은 가끔 부모를 보며 사라에 날아가버린 집 반쪽과 함께 그들의 도덕성이나 윤리 감각, 절약 정신도 함께 날아가버린 것이 아닐까 하고 생각하고는 했다. 다소 문학적인 비유지만, 그는 교과서 지문 외의 문학작품은 읽지 않았다. 독서와 사색은 그와는 거리가 멀었다. 부모의 피를 물려받은 까닭이었다. 다만 그의 배 속으로 들어간 수많은 음식들처럼 머릿속에 가득 찬 지식들이 저절로 그러한 사실을 추론해내고는 했다. 그는 그러한 추론들을 똥을 누듯 자연스레 내뱉고는 했지만, 그 말을 들은 사람들은 역시 우등생은 다르다고 여겼다.

게다가 그는 유머 감각이 뛰어났다. 살갗의 기름기처럼, 유머 감각 역시 아는 것이 많을수록 늘어났다. 그것이 방호식을 성격 좋은 사람처럼 보이게 했다. 호식浩植이라는 이름은 종종 호식好食으로 오인되기도 했다. 그는 뭔가를 비유할 때도 음식을 빠뜨리지 않았다. 예컨대 나란히 같은 동작을 취하고 있는 사람들을 보면 '꼬치 같다'고 하거나, 춤을 잘 추는 사람더러 발바닥에 '버터를 바른 것 같다'라고 하는 식이었다. 하지만 결코, 맹세컨대 방호식의 성격은 좋지 않았다. 오히려 냉정하고 이기적이라는 표현이 맞았다. 물론 영리해서 바보들이나 저지를 만한 사악한 행위를 저지르지는 않았다. 깡패가 되어 돈을 뜯는다거나, 누군가의 험담을 한다거나, 여자를 괴롭히는 등의 일은 거들떠보지도 않았다. 그 모든 일이 결과적으로 그의 인생에 막대한 손실을 불러일으키게 될지도 모르기 때문이었다.

상상해보라. 깡패가 되어 돈을 뜯는다, 결국 경찰에 잡혀가 감방 신세를 지게 된다, 보스로부터 보석금을 받아 풀려나와도 평생 목 졸린 개가 되어 자유롭지 못한 신세가 되며 심하게는 감옥에서 몇 년간 썩을 수도 있다. 당연히 그가 좋아하는 맛있는 음식도 더 이상은 즐길 수 없게 되며 정신마저 파괴된 말라깽이가 되어 출감하게 되었을 때 즈음에는 이미 세상 밑바닥까지 다 겪었다며 허무주의자가 되어 식칼을 들고 다니며 아무나 찌르고 또 찌르다가 결국은 어느 썰렁한 뒷골목에서 칼을 맞고 개처럼 피를 흘리며 죽게 될 것이다.

누군가의 험담을 한다고? 그는 말의 힘을 잘 알았다. 말 한 마디에 천 냥 빚을 갚기도 하지만 만 냥 빚을 지기도, 아니 길이길이 오명을 남길 수도 있었다. 확실히 증명된 바는 없지만 '빵이 없다면 과자를 먹으면 되는걸요' 혹은 공공연하게 회자되는 '악의 축'과 '독도는 일본 땅이다'와 최근에는 '가난한 서민들에게 (광우병)

소고기를' 같은 사회적으로도 정치적으로도 유명한 발언들만 봐도 잘 알 수 있다. 그는 뉴스도 자주 보았는데, 처음에는 사회 공부를 하자는 생각에서였지만 나중에는 정치가들의 독설과 아무리 시간이 흘러도 변하지 않는 구태의연한 발언에 일종의 중독적인 흥미와 쾌감마저 느끼게 되었다.

마지막 경우야말로 가장 조심해야 하는 것이었다. 학창 시절 친구들과 어울려 불법 유통되던 성인 비디오를 본 그는 여자가 남자를 너무 사랑해도 성기를 끊어버리는 수도 있다는 것을 보고 크게 충격을 받았다. 그 뒤로 주의 깊게 살펴봤더니 역사책만 들춰봐도 여왕은 독살과 학살의 대가였으며, 미녀는 자신을 괴롭히기라도 할라치면 다른 남자들을 이용해 복수하는 것을 잊지 않았다. 어릴 때부터 생긴 그런 공포심에 그는 여자에게 매우 예의가 발랐는데, 때문에 스스로 오싹할 정도로 인기가 좋았다. 게다가 남자들보다 여자들이 명문대 학생을 선호했고, 그의 외모는 호감을 주는 편이었으며, 유머 감각도 갖추고 있었으니 말이다.

다시 하던 이야기로 돌아가서, 여기까지 이야기를 들은 사람들은 방호식에 대해 아직 어렴풋한 호감을 가지고 있을지도 모른다. '괜찮은 사람 같은데. 괜히 질투나 뭐 그런 억하심정으로 꼬투리 잡는 거 아냐?'라고 투덜댈지도 모른다. 확실히 그는 사교성도 뛰어나고 예의도 발랐다. 하지만 그것이 결과적으로는 자신에 대한 이득으로 연결된다고 생각했기 때문이지, 그가 사람들에게 애정을 느껴서는 아니었다.

우선 그는 구두쇠였다. 의심이 간다면 그와 함께 밥을 먹어보라. 자연스레 돈을 쓰는 것 같지만 결국 계산해보면 당신도 똑같은 비용을 지불했다는 것을 알게 될 것이다. 만약 그가 산 후 당신이 갑자기 급한 일이 생겨 집에 가게 되었다면, 여간해서는 갈 수 없다. 상을 당했다거나 집에 불이 난 것이 아니라면, 그는 당신을 좋아하지 않더라도 꼭 한번 다시 만날 것을 신신당부할 것이다. 물론 다음에는 모두 당신이 사게 된다. 절대로 바가지를 씌우거나 빈대를 붙고 있다는 생각이 들게끔 행동하지는 않을 것이다. 구두쇠가 구두쇠라고 밝혀지는 것만큼 곤란한 것도 없으니까. 방호식이 구두쇠라는 사실은 그와 가장 친한 친구나 애인이나 되어야 알게 되는 사실이었다. 그것 때문에 정이 떨어져나가기에는 그의 장점이 너무도 많았기에 따지지는 못했지만, 친구들과 애인의 마음 한구석에는 '이 녀석만은 절대 손해는 보지 않을 거야' 하고 여기게 되는 것이었다. 방호식은 그런 면에 있어서는 한 치의 양보도 없이 자신의 철칙을 고수했다.

방호식은 〈크리스마스 캐럴〉의 주인공 스크루지 영감보다 더한 구두쇠였다. 적어도 이야기 속 노인은 어린 시절의 가난함 때문에 구두쇠가 되었지만 청년 시절까지만 해도 고운 심성을 가지고 있었던 것으로 묘사되고 있다. 하지만 어린이 방호식은 가난함을 견디기에는 너무도 아는 것이 많았고, 세상은 돈 없으면 차라리 죽는 것이 나은 현대로 변해 있었다. 그러한 자본주의 사회의 생리를 일찍이 잘 알고 있던 방호식은 학교에 입학하자마자 돈을 벌기 위해, 정확히 말하자면 좋은 성적으로 주어지는 포상을 받기 위해 열심히 공부했다. 뭐 이런 것 있잖은가. '어머, 우리 사랑스런 아들이 이번에도 또 1등을 했네. 여보, 이 찬란히 빛나는 성적표 좀 봐요. 올백이에요.' '아니, 당신. 우리 씩씩한 아들이 이렇게나 좋은 성적을 거두느라 얼굴이 다 핼쑥해졌는데 맛난 것도 사 먹고 놀러 다니게 용돈 좀 두둑하게 주지 않고 뭐해요.' 대충 이런 식의 솜사탕 같은 미래를 상상했던 것이다. 그것이 그의 인생 최초의 실수였다. 아직 여덟 살밖에 되지 않아 자기 부모의 독특한 성향을 미처 간파해내지 못했던 것이다.

당시 방호식은 비만이란 말을 들을 정도는 아닌, 지극히 어린이다운 젖살이 통통하게 찐 손으로 자랑스레 그의 어머니에게 성적표를 내밀었다. 그것도 성적표를 받은 지 일주일이나 지난 후로, 그의 부모가 부부 동반 골프 여행을 다녀온 직후였다. 어머니는 심드렁하게 성적표를 보고는 기대에 찬 아들의 얼굴을 빤히 보았다. 여행에 지쳐 말도 없었다. '그래서 뭐 어쩌라고?' 하는 시선이었다. 그녀는 소파 옆자리에 푹 눌러앉아 있던 아버지에게 성적표를 넘겨주었다. 아버지는 그래도 가장답게 한마디라도 해야겠다 싶었는지 계산서를 보듯 죽 훑어본 후 사인이라도 하듯 이렇게 말했다.

"자알했네."

그걸로 끝이었다. 그 후로 어린이 방호식은 절대 부모에게 성적표를 보여주지 않았다. 쓸데없는 짓이라는 것을 쓰라린 경험으로 알게 된 것이다. 그때부터 그는 부모를 관찰했다. 사랑하는 것이 아니라 관찰했던 것이다. 아마도 이 일이 방호식이 사람에게 애정을 느끼기보다 냉정하게 관찰하게 된 계기가 되었을 것이다. 그는 인간의 변화무쌍한 감정이야말로 가장 두려운 것이라고 여겼다. 오늘의 친구가 내일의 적이 되는 경우가 얼마나 많은가. 온순하던 유치원 선생님이 아동 성애자로 체포되는가 하면, 평범하던 주부가 뚱뚱하다고 놀리던 남편을 살해한 후 방화하기도 하는 등 도무지 예측할 수 없는 것이 바로 이 인간이라는 생명체였다. 그래서 그는 한 순간도 방심하지 않고 끊임없이 인간을 관찰했다. 관찰을 하면 할수록 그는 사람을 좋아하기가 힘들어지는 것을 느꼈다. 한때 그는 차라리 기계가 낫다고 여기고 한동안 스스로를 기계로 여기고 행동해보았으나, 깨진 유리에 손바닥을 크게 베이자 뚝뚝 흐르는 피와 함께 끔찍한 아픔을 느끼며 다시는 기계에 대한 환상을 품지는 않았다. 찢어진 틈으로 보인 것은 전선이나 쇳조각이 아니라, 새빨간 핏물 속에 촘촘하게 박힌 작고 하얀 세포들이었던 것이다. 하지만 인간을 볼 때 애정보다는 기능과 효율을 따지는 것으로 기계 환상의 앙금은 여전히 그의 마음속 한구석에 무의식적으로 남아 있었다.

아무튼 그들의 씀씀이로 보아 미래는 확실했다. 결론을 내린 그는 돈을 모아야겠다고 생각했다. 앞으로 점점 더 가혹해질 자본주의 사회에서 반쯤 무너진 집에 달랑 남은 채로 난파되고 싶지 않았다. 그때부터 그는 정확한 계획에 따라 돈을 썼다. 용돈 기입장도 지나치게 충실하게 써서 고등학생이 되었을 무렵에는 머릿속으로 기입하고, 넘겨보며, 총 출입금 내역을 확인하는 것이 일종의 취미가 될 정도였다.

공부는 여전히 열심히 했다. 주변 사람이나 책 속의 인물을 관찰하며 총계를 내어보았을 때, 학벌이 좋은 사람이 돈도 많이 벌 확률이 높았다. 학벌이 좋다는 것은 그만큼 사회적으로 성공하고 싶은 의지가 강하다는 것이고, 자연히 주변에도 그런 사람들과의 관계가 형성되어, 일종의 그물이 쳐져서 자본이 축적된다는 것이었다. 말하자면 '아니, 당신도 스카이 대를 나오셨군요. 몇 학번, 동기는 누구?'라는 말 한마디에 그 사람에 대한 호감도와 신뢰도가 상승하는 격이었다. 그런 관계는 사회적인 성공과 발전을 가져오고, 그 결과는 모두 돈이라는 결과물로 환산되는 것이었다. 방호식은 어린 시절부터 이러한 사실을 오직 공부를 통해 간파해냈으니 실로 대단한 우등생이 아니라 할 수 없었다.

이런 방호식이 왜 비만이 되었느냐에 대해 말하자면, 비만은 실로 현대사회의 적이자 우둔함의 상징이 아니던가. 절반은 지금부터 이야기할 한 인물 때문이었다. 그에게는 두 살 터울의 누나가 하나 있었다. 그의 누나는 어머니를 빼다 박은 외모와 성격이었다. 좁고 마른 얼굴과 날씬한 몸매는 대략 경박한 미모라는 두 개의 어절로 요약될 수 있었으나, 그 때문에 남동생 방호식은 짜증이 나 미칠 지경이었다. 돈을 벌랴 벌기만 하면 족족 다 쓰랴 하도 바빠 집에 거의 붙어 있을 시간이 없었던 그의 부모들은, 애들에게 생각날 때마다 기분 내키는 대로 돈을 던져주었다. 애완견에게 개껌을 던져주듯이.

그 돈은 많을 때도 있고 심하게는 동전일 때도 있어 자식들을 곤란하게 했는데, 이 난국에 대처하는 방법은 방호식이 보기에는 무조건 축적뿐이었다. 그러나 앞서 말했듯 어머니의 성격을 빼닮은 누나는 어릴 때부터 낭비의 맛을 알았다. 가끔 부모가 수표를 던져줄 때면 어린것이 벌써부터 백화점 이 층으로 가서 영 레이디 존의 몇 십 만원이나 하는 옷을 사 입었다. 그가 보기에는 고작해야 화려한 천 쪼가리에 불과한 것에 그토록 돈을 들이다니. 당연히 돈은 금방 떨어지게 되어 있었고, 돈이 없어지면 마치 성냥팔이 소녀라도 된 듯 방 안의 전신 거울 앞에서 옷들을 걸쳐보며 며칠씩 굶었다. 그 옷을 입고 밖으로 나가 밥을 얻어먹을 수 있는 남자를 유혹할 만한 머리도 없었다.

객관적으로 보면 누나가 멍청한 것이 아닐 수도 있고, 그 나이 또래 애들다울 수도 있었다. 하지만 누나는 거의 반생을 그렇게 보냈으니 결과적으로 그가 맞았다. 그가 보기에도 누나는 남자들이 첫눈에 반할 만했지만 불행히도 오래 사귀고 싶은 생각이 들게 하지는 못할 여자였다. 인생을 함께 보내기에는 너무도 멍청했으니까. 그러나 그는 어쩔 수 없이, 태어날 때부터 숙명적으로 이인삼각을 하듯 저 인간을 떼어낼 수가 없는 것이었다.

결국 몇 년간 이를 갈며 당하기만 하던 방호식은 우연한 기회에 그의 인생관이자 관계론이 될 아이디어를 떠올릴 수 있었다. 바로 '더치페이'였다. 그것은 그가 급히 가게 된 미팅에서 짝이 되었던 여자애가 한 말 덕분에 얻은 소중한 아이디어였다. 그들은 당시 유행하던 카페에 갔는데, 계산할 무렵 여자애가 말했던 것이다. 더치페이 하자고. 그 말 역시 드라마에서 쓰인 후로 한창 유행 중이었다. 미팅이나 드라마 따위는 우선적으로 회비가 아깝고 공부할 시간도 뺏기는 탓에 멀리해왔던 방호식은 여자애가 돈의 반을 내자 옳다구나 했다. 눈앞에 서광마저 비치는 듯했다. 자연스레 누나가 떠올랐고, 또다시 부모가 한바탕 돈을 뿌렸을 때 당당하게 말했던 것이다. 머리는 나빴지만 유행에는 민감했던 누나는 알아 듣고, 군말 없이 대충 반으로 나눈 돈을 내밀었다. 그는 누나를 무 섭게 노려본 다음 그녀의 돈다발까지 뺏어 마지막 한 푼까지 정확 하게 세고는 반을 돌려주었다. 실로 완벽한 더치페이였다. 그것이 그의 열네 살 무렵, 중학교 1학년 때의 일이었다. 어찌나 속 시원 하던지. 그때부터 그는 생계에 대한 걱정은 물론, 누나와의 관계 에 대한 고민에서도 깔끔하게 해방되었다.

그런 줄로만 알았다. 하지만 불행히도 일은 그렇게 쉽게 풀리 지 않았다. 더치페이를 하기 시작하면서부터 남매는 인생의 극과 극을 향해 달리기 시작했다. 방호식은 이를 악물고 악착같이 돈 을 저축하기 시작했다. 그가 공부한 바에 의하면 자본은 절대 기 반 없이 불어나지 않았다. 예컨대 눈덩이와 같았다. 처음에 작게 나마 뭉쳐두지 않으면 불릴 가능성이라고는 손톱만큼도 없었다. 그는 부모라는 창구에서 쏟아지는 불규칙한 돈으로, 그나마 누나 와 반으로 나누어, 그 조그만 눈덩이를 만들려고 기를 쓰며 유년 시절을 보냈다. 때문에 그에게는 독특한 식습관이 생겼다. 이 식 습관이야말로 방호식의 지방세포 수가 어린 시절부터 늘어나도록 만든 주범이었다. 게다가 불행히도, 한번 생긴 지방세포는 절대로 죽지 않는다고 한다. 그는 그렇게 조금씩 돈을 모으며 조금씩 지방세포도 만들어간 것이다.

한번 상상해보라. 어린이의 눈으로 돌아가 주변에서 흔히 볼 수 있는 대형마트에 들어간다고 해보자. 자신이 작은 만큼 주변 세상은 어마어마하게 커 보이고, 사방에 먹을거리들이 가득하다. 하지만 아이의 수중에 있는 것은 단돈 몇 푼, 스스로 엄격하게 제한해 겨우 사용할 수 있는 몇 푼뿐이다. 그렇다면 아이는 그 푼돈을 어떻게라도 쪼개 영양가 풍부하고 가장 기본이 되는, 예를 들어 쌀이나 채소나 달걀 등의 음식을 살 거라고 생각하나. 그렇게 생각한다면 땡, 당신은 틀린 것이다. 아직 충분히 아이의 눈으로 돌아가지 못했다. 가난한 어머니라면 물론 그렇게 했겠지. 자식들에게 먹이려고. 하지만 아이는 그렇지 않다. 이것이 포인트다. 아이는 가장 구미가 당기는 것에 손을 뻗는다. 과자나 빵, 탄산음료, 초코나 딸기 우유 같은 것으로 곧장 달려가게 되는 것이다. 아직 영양이니 균형이니 하는 것을 생각할 머리도 없고, 그것이 자신의 몫도 아닌 것이다. 게다가 그런 것들은 양도 많고 싸기까지 하다. 맛도 좋다. 입에 착착 붙는다. 조리할 필요도 없다. 돈도 있는데 무슨 걱정이랴. 그리하여 방호식 어린이는 어린 시절부터 급식비마저 아껴가며 천 원짜리 탄산음료와 봉지 사탕, 100개에 만 원인 벌크용 소보로 빵, 초콜릿 빵, 카스텔라 등을 먹으며 살았다. 결과적으로 육 년간 평균적으로 22킬로그램이 불어나는 보통 학생들에 비해 그는 무려 +18킬로그램인 40킬로그램이나 불어났다. 졸업식 무렵, 그는 평균치를 약간 넘은 160센티미터의 키에 65킬로그램인, 비만인 성인 여자와 같은 몸매를 하고 있었다. 정크푸드에 의한 호르몬 이상 때문인지 젖가슴도 나오고 변성기인 목소리도 여자 같아, 치마만 두르면 여탕에도 들어갈 수 있을 것 같아 보였다.

그렇다고 방호식이 충격을 받을 만한 인간도 아니었다. 그는 다만 얻는 것이 있으면 잃는 것도 있다고 보았다. 똑똑한 그조차도 먹는 것에 대해서는 언제나 이성을 잃었다. 먹는 것은 그의 삶에 있어 유일한 낙이었고 존재 이유였기 때문이었다. 무조건 싸고 양 많고 맛있는 것이면 다 되었다. 그 세 가지를 너무도 중시했기 때문에 몸에 좋은 것은 옵션조차 못 되었다. 그의 세계관에 따르면 대형마트는 진정 천국이었다. 저토록 싼 가격에 저토록 많은 음식을 살 수가 있다니. 물론 영양가는 거의 없는, 그저 음식 모양의 쓰레기일 뿐이지만.

하지만 이러한 나름대로의 알뜰한 생활도 그놈의 누나 때문에 박살이 났다. 누나는 여전히 같은 패턴의 생활, 입금 → 출금 → 몸치장 → 굶기를 반복하다가 마침내 기아 상태로 응급실에 실려 간 것이다. 가당치도 않은 일이었다. 50만 원짜리 토끼털 코트를 입은 채 기아에 허덕이는 소녀라니. 자기가 무슨 아프리카 난민이라고. 이 사건으로 인해 누나는 거식증 판정을 받고 식이 장애 클리닉 센터에 입원하게 되었고, 자식들에게 일시적 관심을 갖게 된 부모가 방호식 역시 이상하게 뚱뚱하다 싶었는지 데려갔다가 아동 비만 판정을 받은 것이다. 진단한 의사는 혀를 끌끌 찼다. '이 소년의 뚱뚱한 몸은 마치 풍선처럼 부풀어 있다'며.

그 말을 하면서 의사는 작년 세미나차 다녀왔던 괌의 원주민들을 떠올렸다. 한창 레깅스 열풍이 불고 있는 한국이었지만, 원주민들은 이미 레깅스를 생활화하고 있었다. 부풀어 오른 살 때문에 맞는 옷이 없었기 때문이다. 그때 의사는 힐튼호텔의 야외 수영장 의자에 앉아, 칵테일도 한잔 마시며 진지하게 북구형 비만과 동남아형 비만에 대해 약 오 분간 생각했다. 북구 사람들이 어릴 때부터 기름진 식습관으로 지방세포 수를 늘려온 무게감 있는 서양배형 비만이라면, 동남아 사람들은 순식간에 지방세포 크기가 부풀어 오른 풍선형 비만이다. 그것은 갑작스럽게 유입된 풍족한 자본의 힘 때문인가. 그는 거기까지 생각하다가 물 위에 인어처럼 떠다니던 매력적인 여성의 노란 비키니를 넋 놓고 바라보느라 잠시 모든 것을 잊었다.

결국 방호식 역시 누나 옆 병동에 갇혔지만, 생각할수록 병원비가 아까웠다. 영양 만점의 신선한 식사 역시, 벌레가 썩은 음식을 탐하듯 정크푸드로 찌든 혀의 구미에는 맞지 않았다. 그러나 의사가 말한 '풍선'이라는 단어가 몹시 마음에 걸렸다. 그는 풍선이나 폭죽 등, 언제 터질지 모르는 위태로운 것들을 싫어했다. 그것들의 즉발성이나 위험성이 소름 끼쳤다. 거품처럼 곧 사라져버릴 것들이나, 젤리처럼 흐물흐물한 것도 끔찍했다. 모두 마음 놓고 만질 수 있고 단단하며 확실한 것이어야 했다. 그가 생각하는 그런 이미지의 최고봉은 뭐니 뭐니 해도 역시 금, 돈이었다. 이런저런 것들이 모두 마음에 안 들었던 그는 의사에게 치료법을 들은 후 퇴원해 자가 치료를 하기로 결심했다. 일단 몰래 퇴원 수속을 밟은 그는, 부모가 모처럼 내주기로 한 치료비를 아껴봤자 해외 골프 관광 한번이면 단번에 날아가버릴 테니 어떻게 중간에서 가로챌 방법이 없나 고심했다.

그가 짜낸 묘안은 실로 천재적이었다. 그는 한동안 학교에서 살았다. 그러면서 자신의 계좌로 돈이 들어오도록 한 달치를 지불했던 병원의 청구서 양식을 위조해, 매달 우체통에 꽂아 넣었다. 저녁 무렵이면 집이 보이는 주변에서 서성이다가, 반쯤 무너져 있어 불빛이 잘 보였다. 부모가 들어오지 않는 날이면 잽싸게 들어가 옷을 세탁하거나 갈아입고 나왔다. 밥은 어쩔 수 없이 학교 급식을 먹었으나 그래도 배가 고프면 한 줄에 천 원 하는 김밥이라도 먹어야 진정이 되었다. 그나마 조미료가 잔뜩 들어가 있었기 때문에. 예전의 정크푸드는 정말이지 얼마나 싸고 맛 좋았던가. 하지만 '풍선' 생각만 하면, 자신이 언젠가는 풍선처럼 빵 터져버릴 거라는 생각만 하면 흠칫 놀라며 마트의 과자나 빵류 코너로 가서 무의식적으로 뻗는 손을 얼른 가슴 쪽으로 당기며 물을 사서 돌아오곤 했다. 애초에 들켜버린 중학교 수위에게 줄 소주와 안주를 살 때도 있었다. 교실에서 숙식하는 방호식 때문에 밤마다 뚱뚱한 유령이 나타난다는 소문이 돌기도 했다. 그 유령은 책상에 앉아 공부를 하다가, 뒤늦게 퇴교하려는 학생이 발견하면 미친 듯이 달려들어 '빵 좀! 과자 좀!' 한다고 했다. 역시 소문이란 무서운 것이었다.

어쨌든 소문의 절반은 맞았다. 방호식은 여전히 코피를 쏟아가며 하루 종일 공부하고 있었다. 뒤의 말은 어쩌면 그의 무의식이 만들어낸 유령인지도 모르겠지만. 그런 생활을 하는 동안 그의 살은 자연스레 빠져 거의 정상 체중으로까지 돌아왔다. 더 이상 부모를 속이지 못하게 된 방호식은 우체통에 청구서를 넣는 것도 관뒀다. 그래도 덕분에 꽤 큰돈을 모을 수가 있었기 때문에 기쁘기 그지없었다. 고난에 대한 보람마저 느꼈다. 부모들은 분명히 계좌에 이름이 뜰 텐데도 아는지 모르는지, 확인할 시간마저 없는지, 꼬박꼬박 매달 고액을 부쳤던 것이다.

고교 시절의 방호식은 확 빠져버린 살 때문인지 그나마 있던 특성도 없어져 평범한 학생이 되었다. 완전 평범하지는 않았다. 지방 고교이긴 했지만 부동의 전교 석차 1등이었고, 농협 통장 계좌에는 직장인의 한 해 연봉 정도 되는 돈이 들어 있었다. 물론 어떤 직장인가에 따라 달라지겠지만 무려 연봉이니 최저 수준이라 해도 결코 적지 않은 금액 아니던가. 삼 년 내내 별다른 사건도 없었다. 그저 공부, 가리개를 한 경주마처럼 달려 스카이대 입학. 이로써 끝. 키가 조금 자랐다면 자랐다고 할까. 그래 봐야 172센티미터로 중키였다. 그가 목표한 명문대 입학에 있어서는 가장 중요한 시기였기 때문에 방호식은 최선을 다하고 한눈 한번 팔지 않았다. 심지어 굳이 돈을 모으려 하지 않고 수험 공부에서 오는 스트레스가 심각하게 쌓일 때면 가끔 과자나 빵을 사 먹기도 했다. 물론 이제는 정상적인 식사에 길들여져 탐식하거나 폭식하지는 않았다. 깜빡하고 가끔 밥을 먹지 않기도 했다. 지방세포들은 조용히, 절대로 죽지는 않으며 숨죽여 기다렸다. 다시 그들이 부활하기를. 활성화되기를.

드디어 바라고 바라던 명문대생이 된 방호식. 해방. 여기가 경주마가 1등으로 도착하는 광경처럼 기립 박수라도 쳐야 할 대목이라고 생각하면 오산이다. 그가 대학에 들어가서도 여전히 생각하는 것이라고는 오로지 돈뿐이었으니. 그가 대학에 입학하자마자 부모는 축하라도 하듯이 이혼을 했다. 그러나 그는 반쯤 부서진 집에 홀로 덩그러니 남겨지지 않아도 되었다. 지방 입학생의 특권으로 무료 기숙사에 들어가게 되었으니. 누나는 여전히 클리닉 시설에 갇혀 있었으니 약간 불쌍하기도 했지만, 그의 탓은 아니었다. 누나는 누나, 그는 그. 어쨌든 거기서 밥이라도 챙겨준다면 다행 아닌가. 게다가 부모는 정기적으로 돈까지 지불하고 있지 않은가. 돈=사랑이라는 등식도 가지고 있던 그는 누나가 꼭 불행하지만은 않다고 간단하게 판단해버리고는 더 이상 생각하지도 않았다. 그보다 우선 어떻게 돈을 모을지 고민이었기 때문이다.

해답은 의외로 간단한 곳에 있었다. 학생 과외. 명문대생에게 이만큼 딱 어울리고 호사스런 돈벌이가 또 있을까. 점잖은 복장으로 가서 머리 나쁜 중학생이나 고교생과 편안한 실내에 앉아 집사가 은쟁반으로 날라 오는 열대 과일을 먹으며, 이미 자다가도 외울 수 있는 정석이나 영문법 따위를 줄줄 읊으면 되는 것이다. 국내 최고의 국립대라 사립대학교보다 월등히 싼 학비의 절반이 장학금 형태로 덜어지지만, 어쨌든 학비의 반은 내야 했던 그는 과외를 네댓 개씩 했다. 이때 확실히 돈을 모아야 했다. 치열한 경쟁이 난무하는 사회로 나가면 명문대생이라고 해서 성공한다는 보장도 없었다.

부모에게 학비를 받는 것은 애당초 포기했다. 그들은 이제 각자

새살림 차리고 자식들은 알아서 살아가라는 식이었다. 어차피 이제 성인이니 알아서 하라며. 누나는 예외였다. 그녀는 전신 거울 앞에서 코앞의 현실을 애써 부정하며 아직도 자신은 철없는 소녀라고 믿고 있었으니. 시내에 과외가 없으면 나고 자란 지방에 내려가기도 했다. 이제 그와 누나 앞으로 남겨진 반쯤 무너진 집에서 하룻밤을 보내기도 하면서. 가끔 천장에서 부스스 가루가 떨어져 내리거나, 콧구멍에서 코피가 방울져 떨어지기도 했지만 그는 개의치 않았다.

그러던 차에 방호식은 마침내, 처음으로 연애를 하게 되었다. 과외 때문에 정기적으로 타는 KTX 안에서였다. 그가 막 과외를 시작하던 당시 KTX가 개통되었고 시간을 절약할 수 있다는 큰 이점 때문에 자주 이용하던 그 기차에서 훌륭한 문화가 형성되었는데 바로 동반석 카풀이라는 것이었다. 그것으로 그는 다소 비싸던 열차값을 대폭 아끼는 것은 물론, 운이 좋으면 마음에 드는 이성을 만날 수도 있었다. 풍경을 따라 흐르는 열차에서의 만남이라. 얼마나 설레고 낭만적인가. 잘못 되어도 열차에서 내리면 그만. 잘되면 애인이 되었다. 어떻게 방호식이 그토록 쉽게 여성을 꼬드길 수 있었는가에 분연히 일어나는 수줍은 미남 혹은 거친 추남들도 있겠지만, 그거야 앞서 말한 삼박자(명문대, 호감 가는 외모, 유머 감각)와 수없는 관찰과 습득을 거친 거의 직업 배우에 가까운 예의 바른 태도에서 나오는 당연한 결실이었다.

고교 때 빠졌던 살은 어찌 되었는가에 대한 대답이라면 그가 대학생이 되었을 무렵 외국에서 유입되어 급속히 번진 패밀리 레스토랑 붐 때문에 세련된 대학생이라면 패밀리 레스토랑쯤은 가줘야 교양을 갖췄다고 할 수 있는 풍조마저 되었으므로, 양 많고 기름기 많은 서양 음식에 그의 지방세포들이 환호하며 몸을 풀었다는 것이다. 바야흐로 의사가 말하던 북구형 비만의 시대가 그의 몸에서 시작된 것이다. 아무튼 이런 삼박자를 잘 타가며 돈도 벌고, 사랑도 얻고, 헤어짐과 만남을 반복하며 방호식은 제법 촌티를 벗어나 교양도 갖추고 낭만도 아는 청년으로 성장해갔다. 평균 이상의 수와 부피를 자랑하는 그의 지방세포들과 함께.

그렇게 흘러가는 수많은 만남들과 과외 학생들 끝에 방호식은 드디어 연애를 하게 되었던 것이다. 애인은 날씬한 몸매의 한 살 연상인 아가씨였는데 실로 알맹이가 꽉 찬 여자라고 할 수 있어 방호식의 마음에 꼭 들었다. 소위 공인인증서와 같은 여자였다. 돈을 좋아하고 낭비를 혐오하지만, 사회적 성공과 상류사회의 일원이 되고 싶어 하는 속물적 욕망까지 그와 완벽하게 일치했다. 후자의 경우에 대해서 말하자면 그는 이제껏 어렴풋한 열망을 품고 있었지만 워낙 명문대에 집착하느라 세세한 부분까지는 계산하지 못했었다. 그 부분을 그녀가 일깨워주었던 것이다. 예컨대 이런 간단한 말이었다. '너 같은 애가 왜 그렇게 시시한 학과에 다니니? 전과나 편입을 하도록 해. 의대나 약대 같은 곳으로.' 게다가 명문대 역시 알게 모르게 학생들에게 그런 의식을 일깨워주었다. 총장은 물론 교수들까지도 걸핏하면 '사회의 지도자가 될 여러분'이라는 말을 입에 올렸다. 이에 학생들은 마치 세뇌라도 되듯 '그래, 우리가 이 사회를 책임져야 해' 하는 쓸데없는 의무감에 사로잡히게 되는 것이었다. 그리하여 역시나 유망한 직종인 방사선과에 다니던 그녀는 방호식을 약대의 길로 이끌었던 것이다.

이리하여 청년 방호식은 비로소 제대로 된 길로 들어서게 되었다. 밤마다 이어지는 달콤한 통화로 그녀가 돈 나무에서 돈이 열리는 성공가도의 찬란한 비전에 대해 끝도 없이 속삭여주었으므로, 통화를 하다가 잠들기도 예삿일이 되었다. 물론 나머지 시간에는 코피가 터지도록 공부했다. 공부, 또 공부였다. 대학생이 되어서까지 뭐 그리 열심히 공부냐고 하지만 그건 다 거친 세상에서 조난될 인간들이나 하는 생각이라는 것이 방호식의 지론이었다. 빈둥거려 보라지. 결국 영화에서나 볼 수 있는 마약 중독자들처럼 달랑 매트리스와 시멘트 벽밖에 없는 공간에 남겨지게 될 것이 분명했다.

그리하여 방호식은 마침내 일 년 만에 약대에 편입했다. 그제야 마음이 조금 놓이는 것도 같았지만, 여전히 타오르는 그녀의 욕망과 히스테리에 점점 지쳐가기도 했다. 불만에서 오는 신경질적인 행동과 짜증은 그를 몹시 불안하고 고통스럽게 만들었던 것이다. 살면서 최초로 돈에 대한 회의마저 들 정도였으니. 미다스 왕의 우화만 보더라도 돈에는 결코 만족이란 없다는 것을 깨달을 수 있다. 돈은 교환 도구이지 그 자체로는 아무것도 아니었다. 무엇보다도 돈은 먹을 수 없었다. 하지만 자신의 인생을 인도해준 그녀를 차마 배신하기도 어려웠다. 그는 차츰 그녀와의 통화를 멀리하게 되었다. 그가 편입을 하는 동안 방사선 기사가 되어 있던 그녀 역시, 직장 생활에 지쳐 집에 돌아오자마자 잠들어버리거나 휴일이 되어도 재테크에 대해 공부하느라 바빴다. 몸이 멀어지면 마음도 멀어지듯 통화가 사라지면 만남도 끊어지게 마련이었다.

그런 수순으로 그는 결국 바람이 났다. 그가 약대에 편입한 지 막 이 년째로 접어들던 시점이었다. 학과와 공부에 적응이 된 방호식은 동아리 활동을 시작했다. 뒤늦게 웬 신입생이나 드는 동아리냐고 하겠지만, 앞서 말했듯 그는 신입생 시절에도 코피가 터질 정도로 과외를 하느라 방과 후에는 학교에 남아 있지도 않았다. 그러나 약대는 졸업 후 바로 전문직을 가지게 되는 만큼 해야 할 공부도 많았고, 따라서 과외를 할 시간도 없었다. 하지만 미래를 위해 그는 돈을 절약하며 참기로 했다. 이것이 바로 투자라는 생각을 하면서. 자연스레 학교에 남아 있는 시간이 늘게 되었던 그는 사교상 과 내 동아리에 들게 되었다. 먹을 것을 좋아하는 그답

게, 정크푸드 시절의 열망이 무의식적으로 투영된 모양으로 제과
제빵 동아리였다. 자연스러운 수순으로 한 여성 학우와 친해졌다.

이번에도 연상이었지만, 변화무쌍하던 옛 애인과 달리 한결같
고 푸근한 여자였다. 인생관도 크게 달라서 사회적 성공보다는 잘
먹고 잘 사는 데 더 관심이 많았다. 별로 예쁘지도 않은 얼굴이었
는데, 손바닥에 베인 상처가 있는 손으로 토실토실한 그 손을 처
음으로 잡자 놀라울 정도로 마음이 푹 놓이며 안심이 되는 것을
느꼈다. 심각하게 말하자면 이제야 살아 있는 느낌이 들었다고나
할까. 우스운 일이었다. 지금까지 그는 쭉, 맹렬하게 살아왔는데
말이다. 말하자면 생전 처음으로 사랑에 빠지게 된 것이었다. 이
제는 거친 세상에서 홀로 난파되어 반쯤 무너진 집에 남겨지는 악
몽도 꾸지 않게 되었다. 그녀와 사귀게 되면서 그는 이제까지의
식습관도 버리게 되어, 유기농이나 가정식 백반 같은 것에 흠뻑
매료되었다. 이제까지의 음식들은 단순한 포만감을 주었지만, 이
음식들은 내장의 가장 깊은 곳에서부터 차오르는 충만감을 주었
던 것이다. 그녀가 만들고 권하는 음식들은 모두 눈물이 날 정도
로 맛있었다. 식습관이 바뀌자 살이 빠졌다가 새롭고 건강한 살이
오르기 시작했다.

그때부터였다. 청년 방호식이 이 이야기의 서두에서 말한 오라

와 같은 기름기가 담뿍 담긴 훈향을 뿜어내게 되었던 것은. 피부 역시 더욱 하얘진 데다가 마치 화장이라도 한 듯 반짝반짝 윤기가 흐르기까지 했다. 이 모든 것이 마침내 안착할 곳을 발견한 그의 지방세포들이 향기롭게 뿜어내는 하모니인 것도 같았다. 올해로 28세인 그는 비로소 이해타산을 떠나 누군가를 진심으로 사랑할 수 있게 되었고 나아갈 삶의 방향도 결정했기 때문에, 앞으로는 그저 순항을 하면 되는 선장처럼 여유롭기 그지없는 모습이었다. 도저히 제 나이로 보이지도 않았다. 벌써 성공한 실업가처럼 적어도 서른은 훌쩍 넘긴 것처럼 보였다. 뉴스를 보며 쌓아온 정치에 대한 관심으로 국회의원에 출마할지도 모른다는 헛소문마저 떠돌 정도였다.

하지만 누가 뭐래도 청년 방호식이 세상에서 가장 좋아하는 것은 맛있는 음식을 먹는 것이었다. 먹는 순간의 만족과 안정감. 혈관 하나하나, 세포 하나하나까지 속속들이 영양으로 가득 차는 느낌. 그 느낌이 점차 부풀어 올라 마침내 자신을 벗어나 온 대지의 지글거리는 기름기에 합류하게 되는 아득한 기분은 거의 구도자들의 신비체험에 필적할 정도였다. 이때만큼은 그도 냉정하고 이기적인 상태에서 벗어나 그 기분을 모든 사람들과 함께 공유하고 싶다고 진심으로 생각했다. 그가 풍기는 풍성하고 기름진 훈향의 비결은 바로 여기에 있었던 것이다.

어느 쾌락주의자의 탈주하는 실험실

·

정실비

1. 분열하는 인간의 반짝이는 모공

김설아는 문단에 처음 나왔을 때, 열일곱 살 아이의 목소리로
이렇게 물었다.

"말 못 할 정도로 끔찍하게 뜨거운 용암 줄기. 너는 어떻게 하루 종
일 이런 것을 속에 품고 살 수가 있었니?"(75쪽)

김설아의 등단작 「무지갯빛 비누 거품」의 취한 듯 흘러가는 문

장들 사이에서, 이 질문은 유독 또렷하게 솟아올라 있다. 질문의
답을 찾으려면, 나머지 문장들도 주의를 기울여 읽어야 한다. 좀
더 잘 읽기 위해 이곳에 다시 적어본다.

> "용암은 무섭고 느리게 검게 죽은 산 표면을 따라 흐르고, 눈에는 별
> 이 반짝반짝. 나는 악마에게 속삭였다. 이것이 저의 하루 일과입니
> 다. 어디 한번 제 다리를 잘라보십시오. 끝까지 춤추며 도망갈 겁니
> 다."(75쪽)

지금쯤 당신은 앞선 질문이 단순한 질문이 아니었음을 알아챘
을 것이다. 그것은 위로와 선언 사이의 어디쯤을 배회하고 있는
문장이다. 뜨거운 용암 줄기를 품은 채 어찌할 바를 모르는 인간
들을 향한 위로이자, 그 뜨거움을 감당해내며 춤을 추겠다는 선
언. 김설아는 학교라는 억압적인 장치로부터 탈주하고자 하는 열
일곱 살 고등학생들의 이야기를 통해 억압하는 것과 억압당하는
자에 대해 이야기하려 한다.

이 소설은 김설아가 등단 이후 쓰게 되는 소설들과도 긴밀한 관
계를 맺고 있다. 왜냐하면 그녀가 억압적인 장치(학교, 회사 등과
같은 사회제도 및 자본주의 체제)와 그로부터 빠져나오기 위한 다양
한 몸부림에 대해 계속해서 끈기 있게 이야기해 오고 있기 때문이

다. 그러므로 처음의 질문을 소설집을 관통하는 질문으로 바꿔 쓴다면, 이렇게 쓸 수 있을지도 모르겠다. 억눌리는 인간은 억눌린 것을 어떻게 다루어야 하는가. 다시 말해, 우리는 우리를 시시때때로 짓누르는 고통을, 불안을, 슬픔을, 숱한 두려움들을 어떻게 처리해야 하는 것일까.

김설아가 던진 화두와도 같은 질문을 받아들고 나는, 앙토냉 아르토Antonin Artaud가 죽기 일 년 전에 썼다는 글을 떠올렸다. 배 위에서 발작을 일으킨 뒤 구 년 동안 정신병원 생활을 해야 했던 아르토는, 반 고흐를 정신병자로 진단한 가세 박사의 글에 반발하여 「반 고흐—사회가 자살시킨 사람Van Gogh le Suicide de la Societe」이라는 제목의 글을 썼는데, 거기에는 이런 구절이 있다.

살갗 밑의 육체는 과열된 공장이다.
겉으로는 환자는 빛이 난다.
그는 번쩍인다.
터진, 모든 땀구멍에서 번쩍인다.

아르토의 문장과 김설아의 문장을 나란히 놓았을 때, 두 개의 텍스트는 강한 세기로 공명한다. 아르토의 문장은 정신분열증 환자의 독특한 사고방식을 드러내는 사례로서 『안티 오이디푸스』의 첫 장에서 인용되기도 했는데, 아르토에 대한 연구로 박사학위를 취득한 들뢰즈의 제자 우노 구니이치는 이 구절에 대해 좀 더 친절하고 상세하게 분석했다. 그는 이렇게 적었다. "분열증이 어떤 이상한 신체와 엄청난 생산('가열된 공장')에 관계되고, 내부와 외부를 관통하는 역사적 과정에 관계된다는 것을 이 문장은 명백하게 표현하고 있다."

분열되는 정신과 관련된 이상한 신체와 그 신체를 뚫고 나오는 번쩍이는 에너지. 우리는 이것을 김설아의 소설에서도 목격할 수 있다. 「무지갯빛 비누 거품」을 보라. 이 소설에는 핑글핑글 어지럽게 돌아가는 신체, 그리고 낯선 것들과 뒤섞이며 액체처럼 흘러가는 언어가 있다. 이를테면 이런 식이다.

> 그녀의 우아한 웃음 속에 떠오른 성냥팔이 소녀, 신데렐라, 학대받는 어린 소녀의 이미지. 나는 그 이미지 그대로 괴로움과 눈물을 가득 담은 표정으로 무릎을 꿇은 채 털북숭이 아버지를 올려다보았다. 이런. 도대체 어디가 끝인 거야, 제크와 함께 콩나무를 타고 올라가서 경치를 보며 땀을 닦을 무렵 드디어 구름 속 화난 아버지의 얼굴이 보였다.(78쪽)

김설아는 『분홍 구두』, 『성냥팔이 소녀』, 『신데렐라』, 『제크와 콩나무』등 동화 속 인물들을 소설 속 인물과 과감하게 연결시켜 소설의 분위기를 몽환적인 것으로 만드는 데 성공한다. 소설이 진행되는 내내 그녀는 이질적인 것들을 연결하고 모순되는 것들을 결합하는 방식으로 인유와 직유와 은유를 활용한다. 이러한 이접離接의 기술은, 모순된 두 개를 동일한 하나로 만들지 않고 다름을 유지하는 상태에서 두 개의 거리를 긍정하는 "정신분열자의 언어"와 닮았다. 김설아는 분열증적인 언어로 분열하는 자의 반짝이는 에너지를 포착하고자 한다.

'핑'이라는 의태어의 사용도 눈여겨보아야 한다. 김설아는 '핑'을 '와핑', '몰핑', '핑글핑글' 등으로 변주하여 '무의미'와 '의미' 사이에서 진자 운동하는 말로 만들어버린다. 고정된 체제에 포박되지 않기 위해 이리저리 유동하는 아이들의 몸과 마음을, 김설아는 낯설고 불안정한 어휘들을 통해 효과적으로 표현해낸다.

2. 발광發狂 / 發光하는 인간의 순간, 순간, 순간들

김설아의 아이들은 유동하는 몸과 마음을 지닌 채 어디로 탈주하려는 것일까. 김설아는 하교 후 아이들이 달려가는 장소로 '클럽 핑'을 설정해두었다. 그곳에서 '나'는 춤추며 생각한다.

잠시 뭔가를 한다는 것과 완결된 뭔가가 된다는 건 확실히 다른 일이지. 그래서 나는 단지 이 순간, 순간들을 위해 오늘도 미친 듯이 온몸을 핑글핑글 돌리며 클럽 펑에서 춤추고 있는 것이다. 완결되지 않기 위해, 과도한 에너지로 증발할 듯이 부글부글 끓으며, 무지갯빛 비누 거품이 떠다닐 때까지.(90쪽)

그러니까 이것은 단순한 '장소 이동'이 아니다. '단지 이 순간, 순간들을 위해' 춤을 추는 '나'의 모습은 고정된 장소와 균질한 시간을 교란시키며 자기만의 존재 방식을 성취해내려는 간절한 움직임처럼 보인다. 아이들은 비록 체제 속에 갇혀 있을지라도 체제 밖을 꿈꾸며 다른 시간을 살아내려 하는 것이다. 아이들이 "각기 계절을 골라"(70쪽) 자신의 이름을 가진 것 역시 다른 시간을 살고자 하는 시도 중 하나였을 것이다. '계절의 아이들'은 어른들이 기대하는 일방향의 성장을 거부하며 핑글핑글 돈다.

순간에 대한 김설아의 사유는 「모든 것은 빛난다」에서 또 다른 방식으로 펼쳐진다. 이 소설은 속물적인 욕망을 지닌 여자, 소라가 다이아 반지를 요구하는 장면으로 시작된다. 승무원 지망생이었던 소라는 꿈을 포기하고 증권 회사에 다니는 남자와 결혼한다. 결혼을 준비하는 소라는 타인의 시선을 의식하고 타인의 욕망을 욕망하는 전형적인 속물처럼 보인다. 김설아가 소라의 결혼과 관련된 시시콜콜하고 진부한 에피소드들을 구체적이고 논리적인 문장들로 서술하기 때문에, 이 소설은 얼핏 김설아의 등단작 「무지갯빛 비누 거품」과는 완전히 다른 성격의 소설처럼 느껴진다. 김설아는 전혀 다르게 생긴 두 개의 칼을 들고 춤을 추는 사람처럼, 상반되는 문체를 하나의 소설집에서 구사하고 있다.

그런데 김설아가 속물로서 세속의 세계에 성공적으로 안착하고자 하는 인간에 대해 이야기한 것은 「모든 것은 빛난다」가 유일한 것은 아니다. 「청년 방호식의 기름진 반생」에서 자본주의 사회의 생리에 일찍이 눈을 떠 부를 축적하기 위해 애쓰는 '청년 방호식'에 대해 써나갈 때 김설아의 풍자적인 문체는 감칠맛 나게 구사된다. 사회체제에서 탈주하려는 아이들의 움직임을 보여주는 「무지갯빛 비누 거품」이 초현실로 향하는 에너지로 들끓고 있다면, 「청년 방호식의 기름진 반생」은 성공적인 현실 진입을 위한 에너지로 팽만해 있다. 작가의 이름을 가리면 두 소설은 각각 다른 작가가 쓴 것처럼 보일지도 모르겠다.

그러나 「모든 것은 빛난다」는 초현실적인 표현과 현실적인 표현 모두가 김설아의 장기長技임을 깨닫게 해준다. 이 소설에는 초현실적 요소(다이아 반지에서 들리는 목소리)와 현실적인 요소(소라의 결혼과 임신과 유산과 직장 생활)가 공존하고 있기 때문이다. 소라는 유산 이후 반지의 환청을 듣게 되고, 반지를 사람보다 좋아하게 되며, 요리를 하지 않고 생으로 된 음식들만 먹게 된다. 그녀의 행동은 일반적인 상식을 가진 사람의 입장에서 보자면 광인의 행동에 가깝다. 결국 그녀는 남편과 헤어지고, 작은 우편 취급국에서 일하며 팍팍한 삶을 살게 된다. 김설아는 소라를 안정적인 미래가 기대되던 삶에서 하루하루가 불안정한 삶으로 몰아넣는다. 김설아는 소라를 왜 이렇게 살도록 만들었을까.

> 이 시간과 거리의 풍경이 그대로 느껴지던 짧은 순간, 그녀는 눈을 가늘게 떴다. 세상의 모든 것이 은은하게 빛나고 있었다. 그 빛은 건물이나 사물에서 오는 것이 아니었다. 사람들에게서 오는 것도 아니었다. 시간에서 오는 것이었다. 이 현재라는 시간의 빛. 그녀는 숨을 들이쉬었다. 기다림과 희망을 모두 버렸을 때 볼 수 있다던 영원.(64~65쪽)

마지막 문단에 도착해서 우리는 작가가 소라를 외롭고 불안정한 삶 속으로 몰아넣은 이유를 제대로 알게 된다. 김설아는 소라로 하여금 "아무리 추하더라도 끝까지 놓을 수 없었던 마지막 희망까지 모두"(63~64쪽) 사라져버리게 한 뒤에 그저 날것의 현재를 살아가게 한다. 그렇게 사는 자만이 현재라는 시간이 뿜어내는 영롱한 빛을 볼 수 있으므로. 미래에 저당 잡혀 현재의 기쁨을 누리지 못하고 달려가는 사람들이 체험하지 못하는 '짧은 순간', 그 순간을 소라는 체험한다.

클럽 핑에서 춤을 추는 '메이'와 현재의 빛을 오롯이 느끼며 숨을 들이쉬는 '소라'는 차라투스트라의 후예들처럼 보인다. "끝없이 미소微小한 순간은 더 높은 차원의 실재이며 진리이다. 그것은 영원한 흐름에서부터의 섬광 같은 영상이다"라고 주장했던 니체는 차라투스트라로 하여금 이렇게 외치게 했기 때문이다. "너, 내 마음에 든다. 행복이여! 찰나여! 순간이여!"

세상의 많은 처세술들은 우리에게 미래를 위해 현재를 어떻게 투자해야 하는지 가르치려 한다. 그러나 김설아는 순간의 가치에 눈을 뜰 것을 권유한다. 순간, 순간을 살아내는 방식만이 우리를 삶의 진짜 주인이 될 수 있게 할 것이다. 요컨대, 김설아의 탈주는 삶으로부터의 도망이 아니라 진짜 삶으로의 도약이다.

3. 동물이 되는 신체의 기쁨

김설아가 인간을 탈주하게 만드는 또 하나의 방법은 억압된 본능과 야성을 다양한 방식으로 폭로하고 되살리는 것이다. 「이달의 친절 사원」은 제도와 인간 본성의 관계를 흥미롭게 풀어내고 있는 소설이다. 분 단위로 정확히 짜인 시스템 안에서 정해진 방식으로 요리하고 인사하는 패밀리 레스토랑 직원 '주유리나'의 '친절한' 사회적 인격은 신입 직원 '박새미'에 의해 무너진다. 식당의 룰에 따르지 않는 '박새미'는 '민화'와 '주유리나'를 다치게 만든 가장 강력한 용의자다. 이 소설은 처음에는 박새미의 불친절함에 대해 말하려는 것 같다. 그러나 읽으면 읽을수록 김설아의 본의는 더 깊고 어두운 곳을 향하고 있다는 것을 알게 된다. '박새미'의 불친절함은 친절함에 가려져 있던 '주유리나'의 공격성을 표출하게 만든다. 상냥하던 그녀는 소설의 마지막 장면에서는 살기등등한 얼굴로 욕설을 내뱉는다. 처음의 그녀와 마지막의 그녀는 마치 다른 사람 같다. 그녀는 자기 안의 타자—분노하고 공격하는 인간과 조우하게 된다. 그러나, 그럼에도 불구하고, 레스토랑의 체제는 끝까지 공고히 유지된다.

사회제도와 억압된 본능의 문제에 대해서라면 정신분석학 쪽에서 이미 답을 내놓았다. 정신분석학자 프로이트는 문명이 인간의 본능을 억압하는 메커니즘을 고찰하고, 억눌린 본능적 욕구를 해소하여 현실에 적합한 균형 잡힌 자아를 구축하고자 했다. 그러나 김설아의 작업은 정신분석학의 목표와는 정반대에 있는 것처럼 보인다. 김설아는 공격성이 표출되는 그 순간에 이야기하기를 멈춘다. 김설아의 목표는 억압적인 체제에 대한 비판과 억압당하는 본

능에 대한 폭로, 그리고 잠재된 야성에 대한 자각에 있는 듯하다.

「고양이 대왕」과 「우리 반 좀비」는 이러한 가설에 더욱 힘을 실어주는 소설이다. 「고양이 대왕」에서 서술자의 아버지는 '공손하고 예절과 배려를 강조'하는 인물이지만, "상사의 잘못을 뒤집어쓰고 주변에서 온갖 질책과 압박을 받아오다가, 지병인 위염이 심각해져 쓰러지는 바람에 일주일간 회사를 결근"(104쪽)한다. 결국 아버지는 회사의 갱생 프로그램에 초대받게 되는데, 이 프로그램에 참여한 이후 고양이가 된다. 고양이가 된 아버지는 교성을 지르며 교미를 하고 종국에는 집을 나가버린다.

그런데 동물이 된 것은 서술자의 아버지만이 아니다. 서술자의 친구의 아버지 역시, 동물이 된다. 김설아가 억압과 해방의 문제를 어느 특수한 개인의 사례로 국한시키고 싶어 하지 않기 때문이다. 물고 물리며 개체수가 급증하는 '좀비'는 이러한 '복수複數의 변신담'을 펼쳐내는 데 효과적인 소재다. 「우리 반 좀비」에서 모범생이었던 진구는 좀비 진구스가 되고, 그의 파괴적인 행위를 모방하고 싶어 하는 아이들은 창고에 들어갔다 나온 뒤 진구처럼 변해간다. 중요한 것은 진구가 성기를 끊어서 자살한 뒤 좀비가 되었고, 좀비가 된 뒤에 성욕의 화신처럼 행동한다는 점이다. 「고양이 대왕」에서도 아버지의 억눌린 내면으로부터 해방된 것은 성욕이라는 원초적인 욕구였다.

억눌린 욕구의 해방에 대해서 「외계에서 온 병아리」는 더 단도직입적인 목소리를 들려준다. 김설아는 인간들에게 병아리의 위로가 필요한 이유 중의 하나로 "자신의 순수한 욕구를 직접적으로 해결하는 것이 아니라 타인의 욕망을 욕망하는 복잡한 구조로 이루어진 인간 사회에 대한 피로감"(31쪽)을 거론한다. 김설아는 소설 속 인터뷰 장면을 통해 욕구와 욕망의 차이를 한 번 더 역설한다.

인간과 동물의 경계랄까요, 하고 대꾸했다. 인터뷰어는 못 알아듣겠다는 얼굴로 동물입니까, 하고 반문했다. 그러자 제작자는 에, 하고는 말하자면 욕망과 욕구의 차이입니다, 하고 말을 이었다. 인간은 욕망을 갖지만 동물은 욕구밖에 갖지 않는다고. 욕구란 특정한 대상을 가지고 그것과의 관계에서 충족되는 단순한 갈망인 반면, 욕망은 욕구와 달리 바라는 대상이 주어져 결핍이 충족되어도 사라지지 않는 것이라고. 예를 들어 욕구란 배고픔을 느끼고 음식을 먹는 것이며 욕망이란 여성에 대한 남성의 욕망이라고 했다. 이런 욕망이란 타자에 의한 타자를 위한 것으로 이를 통해 사회가 성립된다고. 하지만 욕구만 남은 동물적인 인간은 더 이상 타인이 필요 없게 된다, 이런 것입니다. (32~33쪽)

욕망과 욕구에 대한 위와 같은 서술은 김설아 소설의 개성이 어디에서 연유하는지 정확히 알려준다. 20세기 철학자들은 욕망에 관한 중요한 견해들을 내놓았는데, 그 과정에서 욕구는 욕망에 비해 부차적이고 파생적인 것으로 취급되곤 했다. 그러나 김설아는 욕구의 문제를 전면에 내세움으로써 자기의 개성을 획득한다. '피크peak'를 테마로 한 작가 10인의 소설집 『피크』에 실렸던 소설 「청년 방호식의 기름진 반생」에서도 김설아는 식욕의 문제를 다루어 자기 고유의 식별 표식을 확실히 각인했다.

욕구에 대한 김설아의 이와 같은 천착은 사회체제에 억눌린 인간의 감각과 본능을 해방시키기 위한 작업의 일환으로 보인다. 김설아의 인물들은 때로는 동물이 되고, 때로는 좀비가 되어, 욕구를 충족하고 기뻐한다. 그런데 김설아가 육체적인 쾌락의 문제만 다룬 것은 아니다. 「외계에서 온 병아리」는 정신적인 쾌락의 문제를 '병아리 중독증'이라는 소재를 통해 다루고 있다. '병아리 중독증'이라니. 얼핏 조금 황당해 보이는 설정일 수 있다. 그러나 2014년 플로렌타인 호프만의 〈러버덕 프로젝트—서울〉가 석촌호수에 전시되었을 당시 거대 고무 오리를 보며 '힐링'하기 위해 한 달 동안 500만 명이 석촌호수를 방문했던 것을 떠올려보면 병아리 중독증 역시 그리 황당하기만 한 것은 아니다. 호프만은 한 인터뷰에서 러버덕 프로젝트에 대해 설명하며 "어떠한 정치적 의도도 없다"고 밝히고 그의 프로젝트를 통해 "전 세계의 긴장이 해소되기를" 소망했다. 그러나 김설아표 힐링은 이러한 비정치성과는 거리가 멀다. 그녀가 자본주의 체제와의 관계 속에서 쾌락에 대해 설명하고자 하기 때문이다.

쾌락 원칙이 현실 원리에 승리한 것이라고나 할까요. 외계인들 역시 오락을 위해서 스스로를 소진하며 점점 멸종의 길로 나아가는 것입니다. 생산도 번식도 재분배도 하지 않고 오직 쾌락에 취해 심지어 침식을 잊기도 하는 것입니다. 현대사회의 자본주의를 대신할 것이 없다고 하는데 제가 보기에는 그보다 더 막강한 것이 쾌락주의입니다. (19~20쪽)

김설아는 자본주의의 바깥으로 나갈 수 있는 힘으로 쾌락주의를 제시한다. 김설아에게 육체적인 쾌락과 정신적인 쾌락의 만족은 자본주의 체제를 넘어설 수 있는 힘의 증대를 의미한다. 요컨대, 김설아의 쾌락주의는 삶을 즐기기 위한 것이 아니라 삶을 바꾸기 위한 것이다.

4. 반대로, 반대로 추는 춤

다시 이 글이 시작되었던 지점으로 되돌아가 본다. 억눌리는 인간은 억눌린 것을 어떻게 다루어야 하는가? 김설아는 인간을 억누르는 부조리한 힘을 반작용의 에너지로 변환시켜 버린다. 원해서 고양이가 된 것이 아니라 "너무 고분고분해서 고양이가 되어버리고 말았을지라도"(114쪽) '활기찬 몸과 반짝거리는 눈빛'으로 야산의 고양이 대왕이 되어버리듯이. 김설아의 소설에서 억눌렸던 인간들은 그 반작용의 에너지로 '다른 시간'을 살거나 '다른 존재'가 된다. 그러므로 고양이가 된 아버지와 좀비가 된 친구는 입을 모아 이렇게 말할지도 모른다. "나를 죽지 못하게 한 것은 나를 강하게 한다(니체)".

가만가만 신산한 삶의 풍경을 보여주는 소설가도 있고, 찬찬히 인간의 주름진 내면을 짚어내는 소설가도 있지만, 크고 분명한 목소리로 독자에게 말을 걸고 제안하는 소설가도 있다. 김설아는 바로 그런 소설가다. 김설아의 소설은 다른 삶에 대해서 말하고자 하는 의지로 가득 차 있다. 그녀는 소설을 통해 낡은 삶에 대해 적극적으로 비판하고, 새로운 삶의 가능성을 열어두려 한다. 그러나 불행히도 우리가 너무나 잘 알고 있듯이, 그 가능성을 열어젖히기란 쉽지가 않다. 김설아가 환상의 힘을 빌려서 이야기해야 했던 이유 역시, 체제 바깥으로의 도약이란 현실적으로 거의 불가능에 가까운 일이기 때문일지도 모른다.

그러니 기억해보자. 실패가 예상됨에도 불구하고, 열일곱 살 '메이'는 아버지를 향해 이렇게 선언했었다.

> 피핑톰의 시야는 언제나 좁은 커튼 틈을 벗어나지 못하죠. 그러나 에미, 아니 에밀리랬나요? 에밀리는 그 좁은 틈 속의 우주에서 분홍 구두를 신고 미친 듯이 당신 따위는 상관없다는 듯 언제나 춤을 출 거예요.(78~79쪽)

메이는 아버지의 아이가 되는 일도, 어머니의 아이가 되는 일도 거부한다. 그녀는 '메이'라는 이름을 스스로 선택하고 소유함으로써 '아버지-어머니-자식'으로 이루어진 견고한 오이디푸스 삼각형으로부터 빠져나오고자 한다. 김설아의 소설에서 오이디푸스 삼각형은 좀처럼 힘을 발휘하지 못하는데, 김설아가 아버지를 고양이로 만들어 출가시켜 버리거나(「고양이 대왕」), 어머니를 외계인으로 상상하여 우주로 보내버리기 때문이다(「일곱 쟁반의 미스터리」).

우리는 이 소설집에서 아버지의 욕망(어머니)을 욕망하다가, 아버지와 자신을 동일시함으로써 콤플렉스를 극복하는 심신이 건강한 오이디푸스를 찾아볼 수 없다. 김설아의 인물들은 타인의 욕망을 욕망하지도, 무의식과 의식의 조화를 꾀하지도 않는다. 김설아는 우리를 뜨거운 욕구의 세계—마약과 본드와 짐승과 좀비와 광인과 환각의 세계로 데려간다. 이곳은 정상正常에서 벗어난 세계이자, 정상頂上에서도 벗어난 세계이다. 반대로, 반대로 힘껏 춤을 추는 자만이 이 세계의 가장 깊고 가장 빛나는 곳에 도달할 수 있을 것이다.

오래된 글들을 묶는다. 최장 십오 년 전에 쓴 것부터 최단 칠 년 전에 쓴 글들이다. 그때 이렇게 생각하고 살았나 싶을 정도로 생소하면서도 반가운 기분이다. 쓸 때 어땠는지 생생하게 기억나기도 한다. 하루 한 끼 김밥 한두 줄로 배를 채우며(1일 1식을 먼저 했던 셈?) 이틀에 한 번씩 잠들고 비 오는 날에도 광안리 방파제를 걷던 시절들. 자주 보던 MTV 속 뮤직 비디오들, 핑크와 저스티스, 바벨의 도서관 시리즈, 『롤리타』, 『모리스』, 『존재의 세 가지 거짓말』, 부산·부천·전주 국제영화제, 아톰. 꿈에 잠겨 즐거웠던 시간들인 것 같기도 하고 남들 눈 신경 안 쓰고 내질렀던 나날들 같기도 하다. 사십 대 초입에 들어선 지금은 좋음도 싫음도 절대적인 것도 없이 순간순간을 살아내고 있다. 작중 인물인 소라처럼 말이다. 소라와 다른 점이라면 남편도 있고 아이도 둘이라는 점일까!

좋은 기회를 주신 작가정신 출판사와 해설을 써주신 정실비 평론가님께 감사드린다. 이 책을 읽어주신 당신께도 복된 기운이 가길 바란다.

2019년 5월
김설아

고양이 대왕

초판 1쇄 2019년 7월 16일

지은이 김설아
펴낸이 박진숙 | **펴낸곳** 작가정신
책임편집 황민지 | **디자인** 용석재
마케팅 김미숙 | **홍보** 박중혁 | **디지털콘텐츠** 김영란 | **재무** 윤미경
인쇄 및 제본 한영문화사

주소 (10881) 경기도 파주시 문발로 314
대표전화 031-955-6230 | **팩스** 031-944-2858
이메일 editor@jakka.co.kr | **블로그** blog.naver.com/jakkapub
페이스북 facebook.com/jakkajungsin | **인스타그램** instagram.com/jakkajungsin
출판 등록 제406-2012-000021호

ISBN 979-11-6026-140-0 03810

이 도서의 국립중앙도서관 출판시도서목록(CIP)은 서지정보유통지원시스템 홈페이지(http://seoji.
nl.go.kr)와 국가자료공동목록시스템(http://www.nl.go.kr/kolisnet)에서 이용하실 수 있습니다.
(CIP제어번호 : CIP2019021451)